DÖRLEMANN

1

Susanne saß im Auto und schlug sich vor die Stirn. Es war der Tag vor Weihnachten und noch früh am Morgen. Es schneite.

Der Baum war schon geschmückt, das Badezimmer aufgeräumt. Nur die Ente und das Mandelgeschenk fehlten noch.

Bei Brugsen war sie die erste Kundin gewesen. An der Kasse hatte sie dann aber bemerkt, dass sie nicht ihre Handtasche mitgenommen hatte, und damit ihr Portemonnaie, sondern ihre Yogatasche. Sie hatte über sich selbst gelacht. Auch die Kassiererin hatte gelacht.

– Frohe Weihnachten, hatte ihr der Filialleiter hinterhergerufen, als sie den Laden verließ. – Ja, aber, ich komme doch wieder, wegen meiner Ente, hatte sie geantwortet. Für diese Bemerkung schlug sie sich gleich noch einmal vor die Stirn.

Sie hielt direkt vor der Tür, ließ den Motor laufen und lief ins Haus, um ihr Geld zu holen. In der Wohnung war es noch immer still. Kim schlief, er war spät ins Bett gegangen. Sie war einige Male aufgewacht und hatte ihn in der Küche rumoren hören.

Auf der Suche nach ihrer Tasche ging sie ins Wohnzimmer. Sie lag unter dem Sofa.

Das Telefon klingelte, und sie nahm ab. Es war Bo, der aus Neuseeland anrief. Er hatte sich von einem Barkeeper ein Mobiltelefon geliehen. Im Hintergrund war eine Menge Lärm zu hören und etwas, das klang wie ein Spielautomat.

Sie wünschten einander Frohe Weihnachten. Dann legte sie den Hörer beiseite und ging ins Schlafzimmer, um Kim zu holen.

Er lag auf dem Rücken, die Augen geöffnet, und sein Mund war irgendwie schief. Sie stand am Fußende des Bettes. Das weiße Licht schien durchs Fenster herein und fiel auf seine Füße. Die Füße sahen unter der Decke hervor.

– Ah, du bist ja doch wach, sagte sie. – Bo ist am Telefon. Er sitzt in irgendeiner Bar.

Hinter ihr, im Wohnzimmer, waren die Automatengeräusche aus dem Telefon zu hören. Hinter diesen Geräuschen der Motor ihres Autos draußen auf der Straße.

– Stell dir vor, ich habe zu Brugsen meine Yogatasche mitgenommen, sagte sie.

Sie blieb stehen, zog die Decke über seine Füße. Sie waren kalt und verkehrt.

– Kim, sagte sie, aber da war kein Leben mehr in ihm, er atmete nicht.

2

Aber zunächst war es November, und es regnete.

Es regnete und regnete. Es war ein Samstagmorgen.

– Dieser verdammte Regen, sagte sie.

Sie stand im Bademantel am Küchenfenster. Kim hatte Brötchen geholt, er schnaufte draußen im Flur. Dann kam er herein und legte hinter ihrem Rücken etwas Schweres auf den Tisch.

– Ich möchte wirklich wissen, wo das ganze verdammte Wasser herkommt, sagte sie.

Sie drehte sich zu ihm um. Er nahm gerade die Brötchen aus der nassen Tüte. Auf dem Küchentisch lag ein Ziegelstein.

– Was ist das?, fragte sie.

– Ein Ziegelstein, sagte er. – Wir können ihn im Sommer als Türstopper verwenden.

– Wo hast du den denn her?

– Ich habe ihn auf der Straße gefunden. Ist wohl von einem Laster gefallen.

– Also auf den Kopf.

– Nenn es, wie du willst. Jetzt brauche ich erst einmal Kaffee.

Sie setzten sich. Susanne nahm den Ziegelstein hoch und legte ihn wieder auf den Tisch.

– Ist ja verdammt schwer, sagte sie.

Sie tranken Kaffee und aßen ihre Brötchen.

– Warum fluchst du seit Neuestem eigentlich so viel?, fragte er.

– Tu ich das? Stimmt doch gar nicht, sagte sie.

Sie stellte ihre Kaffeetasse auf den Ziegelstein ab, schaute die Tasse an. Sie stellte die Tasse zurück auf den Tisch.

– Es klingt einfach nur falsch, wenn du fluchst, sagte er. – Du hast es einfach nicht raus.

– Ich fluche doch wohl, wie man eben flucht.

– Nein.

– Aha.

Da prasselte der Regen an die Fensterscheiben, so dass man kaum mehr den Verkehr von der Kreuzung hörte.

– Ich werde heute wohl den Regenschirm brauchen, sagte sie.

– Klar, nimm ihn einfach. Er liegt im Schrank.

– Gestern habe ich ihn nicht finden können.

– Er liegt im untersten Fach.

Er stand auf, mit Krümeln auf dem Pullover, und holte den Regenschirm. Er legte ihn vor ihr auf den Tisch:

– Da, bitte schön. Viel Spaß damit.

Sie ließ sich gegen die Rückenlehne des Stuhls sinken. Sie schaute auf den Tisch, schaute nach draußen. Regenschirm und Ziegelstein, das sind wir, kurz und gut, dachte sie.

3

Sie war mit Ester im Einkaufszentrum verabredet. Den Regenschirm hatte sie unter ihrem Sitz auf den Boden gelegt. Neben ihren Stiefeln hatte sich eine kleine Pfütze gebildet, und jedes Mal, wenn die S-Bahn bremste, bewegte sich die Pfütze ein klein wenig weiter.

Die Stiefel waren neu, und sie drückten. Susanne musste sie erst noch einlaufen. Es waren schwarze Lederstiefel. Auf Knöchelhöhe und vorne an den Spitzen hatten sie schon weiße Ränder bekommen. Wohl wegen des Regenwetters. Sie spuckte auf ihren Zeigefinger und rieb an der rechten Stiefelspitze.

Ihr gegenüber saß eine Dame und saugte an ihren Lippen. Die Dame sah sie die ganze Zeit an. Susanne aber sah die Dame nicht an. Sie schaute abwechselnd auf ihre Stiefel und auf einen Punkt hinter dem Rücken der Dame. Die Dame trug einen Pullover mit Karomuster. Sie beugte sich zu Susanne herüber.

– Mit Milch bekommen Sie das ganz einfach weg, sagte sie.

– Aha, sagte Susanne.

– Sie müssen nur einen Wattebausch in Milch tunken und dann reiben. Und dann ist schon alles weg.

Die Dame beugte sich noch weiter vor. Susanne konnte ihren Atem riechen. Er roch nach Leberpastete.

– Sind die neu?, fragte die Dame.

– Nö.

– Na. Sie sehen so aus.

Da betrat ein Fahrkartenkontrolleur den Wagen. Die Dame hatte eine Monatskarte, die sie mit ausgestrecktem Arm in die Höhe hielt. So blieb sie auch sitzen, obwohl der Kontrolleur schon mit einem Nicken vorbeigegangen war.

– Und jetzt geht es zum Shopping?, fragte sie und lächelte Susanne an.

– Nein. Kein Shopping.

– Ich treffe gleich meinen Sohn und meine Schwiegertochter, sagte die Dame. – Zu Hause bei ihren Eltern. Mein Sohn und seine Frau wohnen nämlich eigentlich in Amerika, müssen Sie wissen. Aber jetzt machen sie hier Urlaub, bei ihren Eltern. Und da haben sie mich eingeladen, das ist doch immerhin nett von ihnen. Ich habe sie auch schon in Amerika besucht. Das war ein Erlebnis, kolossal. Sie wohnen in Texas.

Sie sprach es aus wie *Tesas*.

– Mein Sohn arbeitet in der Molkereibranche.

Aber jetzt fragen Sie sich wohl, ob sie da überhaupt Molkereien haben, in Texas?

Susanne sagte nichts.

– Amerika ist ja vor allem für die großen Steaks bekannt. Oh, und sie haben mich in ein Restaurant ausgeführt, eines der besten in ganz Texas. Da konnte man vielleicht Steaks bekommen, bis zu zwölfhundert Gramm. Was sagen Sie dazu? Aber ich habe nur eines mit zweihundertfünfzig Gramm bestellt. Und mein Sohn hatte eines mit achthundert. Puh, war das riesig. Aber er war schon immer ein großer Fleischesser. Die beiden haben ja keine Kinder, das ist ihre große Sorge. Sie wissen schon, Sorgen und Freuden, die gehen Hand in Hand, wie man so sagt. Nicht. Das wissen Sie doch. Nicht wahr? Aber es geht ihnen gut. Sie beklagen sich nie. Da wären sie aber auch undankbare Schufte.

Sie sog die Lippen nach innen und nickte.

– Er verdient über eine Million im Jahr, flüsterte sie. – Also Dollars. Er hat mehr oder weniger die Diätmargarine erfunden.

Sie sprach es aus wie *Dollas*.

– Ist das nicht eine sehr alte Erfindung?, fragte Susanne.

– Meine Lippen sind versiegelt, sagte die Dame. Sie lächelte. Sorgfältig steckte sie die Monatskarte wieder in ihre Tasche und faltete die Hände im Schoß.

– Da haben Sie was, worüber Sie nachdenken können, sagte sie. Dann wies sie mit einem Nicken auf Susannes Stiefel.

– Denken Sie an das mit der Milch. Mit so was kenne ich mich aus.

4

Zwei Jahre zuvor arbeitete Susanne im Krankenhaus.

Anfangs putzte sie. Sie musste jeden Morgen um sechs Uhr antreten. In einem Kellerraum zogen sie sich alle um. Susanne fand es schrecklich, unter dem Kittel Strumpfhosen zu tragen, aber in den kalten Monaten ging es kaum ohne. Sie konnten sich auch noch ein Jäckchen aus dem Schrank nehmen.

Aus dem Raum nebenan holte sie ihren Wagen, kontrollierte, ob alles da war, und füllte auf. Es war kein Problem, den eigenen Putzwagen zu erkennen, auch wenn ein Außenstehender keinen Unterschied hätte sehen können. Grundsätzlich waren die Wagen alle gleich, aber es gab zum Beispiel mehrere Möglichkeiten, die Gummihandschuhe aufzuhängen. So konnte man sie über einen Eimerrand hängen oder an den Stiel des Wischmopps oder des Trockenmopps. Man konnte sie aber auch auf alle erdenklichen Arten in den Korb legen.

Die meisten hängten die Gummihandschuhe mit der Innenseite nach außen auf. Das gehörte zum Ersten, was sie hier gelernt hatte. Es gab dafür eine Technik, die sie alle anwendeten. Wenn ein Handschuh innen nass war, zog man ihn aus, setzte an, die Innenseite nach außen zu stülpen, klemmte den Handschuh beim Handgelenk zusammen und schwang ihn durch die Luft, bis er sich von selbst mit Luft füllte und die Innenseite sich nach außen kehrte. Und so hängte man ihn am Wagen zum Trocknen auf. Wenn man den Handschuh dann wieder anziehen wollte, war die Prozedur genau umgekehrt.

Susanne erkannte ihren Wagen an den Gummihandschuhen und an dem Wischeimer, der eine große Beule hatte. Als sie eingearbeitet worden war, hatte die Leiterin über den Eimer geschimpft. Sie hatten im Aufenthaltsraum Staub saugen müssen, und die Leiterin beschwerte sich auch da, weil der Staubsauger selbst ganz verstaubt war. Susanne konnte seitdem keinen Staubsauger mehr ansehen, ohne daran zu denken.

Der Aufenthaltsraum war am einfachsten. Morgens war dort so gut wie nie jemand. Man leerte Aschenbecher, legte Zeitschriften auf ordentliche Stapel, wischte Tische und Stühle ab. Hinterließ einen hübsch gepflegten Raum.

Dann kamen die Krankenzimmer an die Reihe, die waren weit schwieriger. *Da* lag ein Mensch und weinte. Und *da* kam sie mit ihrem nassen Lappen und dem langstieligen Mopp an. Sie musste achtgeben, nicht die Wassergläser und Blumensträuße auf den Nachttischen umzuwerfen. Musste die persönlichen Dinge der Patienten beiseiteräumen, um überall zu wischen. Die Zimmer rochen nach Chemie und schlechtem Atem. Die Patienten beobachteten sie.

Die Toiletten und Badezimmer aber waren am schlimmsten. Sie hatte ständig Angst, irgendwelche Fleischstückchen zu finden. Was daher kam, dass sie einmal ein solches unter einem Waschbecken gefunden hatte. Es war gelblich gewesen und hatte sie an das zusammengebundene Ende einer Wurst erinnert. Sie schüttete immer reichlich Desinfektionsmittel in die Toilette und überall hin. Das roch nach Sauberkeit. Oft war Blut auf dem Boden, aber das störte sie nicht sonderlich, wenn es nur nicht zu viel war.

Am langweiligsten waren dagegen die langen Gänge. Man schwang den Trockenmopp in einer Art liegender Achter, alle schwangen ihre Mopps auf die gleiche Weise. Sie ging davon aus, dass es irgendeine Vorschrift gab, die besagte, dass man den Mopp genau so zu schwingen hatte. Ab und zu waren Betten auf die Gänge hinausgeschoben worden, zur Reinigung, und das war wirklich das Allerschlimmste, weil man sie erst sah, wenn man gerade schon meinte, man sei fertig. Sie mussten abgewaschen und geschrubbt werden. Man neigte hier zu Nachlässigkeit. Während Krankenschwestern und Ärzte und anderes

Personal die Gänge auf und ab liefen und einem aus den Augenwinkeln auf die Hände schauten.

Sie hatte nie verstanden, warum es *Spülraum* hieß. Vielleicht, weil dort drinnen die Bettpfannen saubergemacht wurden, vermutete sie.

Eines Tages betrat Ester zufällig den Spülraum auf der Geburtsstation und sah dort einen Mutterkuchen auf einer Waage liegen. Er wog fünfhundertfünfzig Gramm. Ester erzählte von dem Mutterkuchen, als sie auf der Dreier auf dem Balkon zusammensaßen und eine kurze Pause machten.

Die Sonne schien, es rauschte in den ersten grünen Blättern. Sie unterhielten sich auch über einen der Patienten, einen alten Mann namens Lungholm, der oft im Aufenthaltsraum saß und las. Ester hatte mit ihm gesprochen. Er hatte sie an diesem Vormittag zu sich gewinkt, sich als Schriftsteller vorgestellt und darauf bestanden, eine Tasse extra starken Kaffee serviert zu bekommen. Ester hatte sich wegen dieses Kaffees mit der Küchendame auf der Station gestritten; über der Streiterei war wirklich viel Zeit hingegangen.

– Du weißt doch nicht mal, ob es stimmt, dass er Schriftsteller ist, hatte die Küchendame gerufen. Schließlich hatte sie aber klein beigegeben, doch als der Kaffee dann endlich durchgelaufen war, schwarz und bitterriechend, und Ester mit der Tasse in den

Aufenthaltsraum ging, war Lungholm schon wieder auf sein Zimmer gegangen, zum Schlafen. Er hatte sein Buch auf dem Tisch vergessen, und Ester hatte ein wenig darin geblättert. Es war auf Deutsch gewesen.

Als Susanne zu ihrer eigenen Station zurückging, dachte sie darüber nach, ob es wohl stimmen konnte, dass Lungholm Schriftsteller war und dass ein Mutterkuchen um die fünfhundertfünfzig Gramm wog. Sie schlug es am Abend nach, und beides war tatsächlich richtig. Lungholm hatte vor ein paar Jahrzehnten eine Reihe von Essaysammlungen und einen einzigen Roman geschrieben. Dennoch wollte sie nicht versuchen, mit ihm in Kontakt zu kommen. Es war ihr unsympathisch, dass er meinte, ihm stehe im Hinblick auf den Kaffee eine Sonderbehandlung zu. Im Übrigen war es auch völlig gleich, was sie wollte oder nicht wollte. Am nächsten Vormittag, als sie hinunterging, um mit Ester zusammen Pause zu machen, war Lungholm tot und schon in die Kapelle gebracht worden. Ester wusste nicht, was ihm gefehlt hatte.

Susanne wurde zur Küchendame befördert und musste nun erst um halb sieben antreten.

Sie fing an, sich stärker zu schminken. Wenn sie sich im Keller umgezogen hatte, stellte sie sich vor den Spiegel und trug Lippenstift auf. Sie machte es schnell und ausdruckslos, um jeder Skepsis der anderen zuvorzukommen. Sie wollte nicht selbstzufrieden erscheinen. Von den anderen verwendete nur eine einzige Lippenstift, aber sie war dafür auch stark übergewichtig, und so glich es sich wieder aus.

Jetzt trug sie die Verantwortung für das Essen einer ganzen Station, also jedenfalls dafür, dass die Deckel von den großen Metallgefäßen genommen wurden, wenn die Zentralküche das Mittagessen geliefert hatte. Sie schrieb mit einem dicken Stift das Menü auf die Tafel vor der Küchentür. Schnitt die Folie der vakuumverpackten Kartoffeln auf und schüttete sie in kochendes Wasser, sie mussten nur noch aufgewärmt werden. Wenn es Hackbraten gab, richtete sie das Johannisbeergelee in kleinen Glasschälchen an. Alles wurde auf den Essenswagen gestellt, und den Essenswagen rollte sie hinaus auf den Gang. Von links und rechts kamen zwei Krankenschwestern herbeigeeilt und schoben den Wagen davon. Sie begannen im hintersten Zimmer. Pro Schwester ein Patient. Susanne stand in der Küchentür und sah ihnen zu. Sie schossen hin und her, in die Zimmer, aus den Zimmern heraus, mit Tabletts und leeren Gläsern, die nachgefüllt werden sollten. Dazu das ständige Knallen der Nachttische, wenn die Klappen heruntergeschlagen wurden. Die besten Patienten nahmen selbst ihre Tabletts mit in den Aufenthaltsraum und aßen dort.

Einmal gab es gebratene Leber zum Mittagessen. Die Leber lag in dicken Scheiben auf einer Platte. Als Ester heraufkam, um Mittagspause zu machen, nahm sie das größte Stück Leber von der Platte und wickelte es zur Hälfte in eine Serviette ein. Sie setzte sich an den Tisch und aß. Während sie sich durch die Leber arbeitete, schob sie die Serviette immer weiter nach unten. Eine Leber mit Handgriff, dachte Susanne. Dann ging die Tür auf, und eine Krankenschwester stand da und bat um mehr Zwiebeln. Hinter der Krankenschwester wurde ein blassgesichtiger Patient vorbeigeschoben. Der Patient schaute herein und hob seine Hand. Ester winkte mit dem Leberstück zurück.

Später kamen drei andere Krankenschwestern in die Küche, um Saft zu mischen. Susanne putzte gerade das Spülbecken. Eine von ihnen, eine großgewachsene Frau, die sie Petersen nannten, lehnte sich mit dem Rücken an den Kühlschrank und hob ihren Kittel an. Sie hatte zwei große Wunden auf ihren Knien.

– Was ist das denn?, fragte eine der anderen.

– Ich habe gestern zu Hause den Fußboden gewischt, sagte Petersen.

– Ja, aber, kniest du dich dabei auf den Boden?, fragte die andere.

– Sonst wird es doch nicht richtig sauber, sagte Petersen.

Susanne dachte an die vielen Wisch- und Trockenmopps, die auf den vielen Wagen durch das Krankenhaus geschoben wurden. Und an den ergonomischen Bodenschrubber, der bei ihr im Schrank stand und von dem sie nicht einmal wusste, wie man ihn richtig einstellte. Sie dachte auch an Petersens Knie, als sie aus hatte und hinunterging, um sich umzuziehen, und als sie mit ihrem Rad über den Parkplatz fuhr. Sie konnte sich nicht erinnern, wann sie zuletzt zu Hause den Boden gewischt hatte. Tatsächlich hatte sie es wohl noch nie richtig gemacht.

Wieder eine andere Krankenschwester hieß Magrethe. In ihrer Vergangenheit war irgendetwas vorgefallen. Sie war sehr rank. Manchmal unterhielten sich die Krankenschwestern in der Küche über ihre Freizeitpläne, Magrethe hörte mehr zu, als sie sprach. Da wandte sich Petersen an sie:

– Und du?, fragte sie. – Fährst du heim und kochst Marmelade?

– Ich mache erst mal Mittagsschlaf, sagte Magrethe.

– Uh, ich finde, das geht gar nicht mit tagsüber schlafen, sagte eine Krankenschwester.

– Da hast du recht, sagte Petersen.

– Ich finde eher, dass es dann so schwer ist, wieder aufzuwachen, sagte eine andere.

– Ich trinke immer einen Liter Wasser, bevor ich

mich hinlege, sagte Magrethe. – Das passt dann genau, so dass ich nach einer Dreiviertelstunde aufwache und aufs Klo muss.

– Wirklich? Das ist ja clever, sagte eine.

– Und da kannst du sicher sein?, fragte Petersen, und das konnte Magrethe.

Susanne fragte Ester, wie oft sie zu Hause den Fußboden wischte.

– Das mache ich nie, verdammte Plackerei, sagte Ester. – Wir haben überall Teppichboden.

– Auch in der Küche?

– Nee. Da haben wir so einen Korkboden.

– Muss der nicht geputzt werden?

– Ich glaube nicht.

– Und was, wenn er dreckig ist?

– Der verdammte Boden wird doch nicht dreckig. Wir kochen ja nie.

– Ah, nein.

Vom Küchenfenster aus sah man: eine Wiese und ein paar Birken. Einen Parkplatz. Das gelbe Gebäude dahinter. Ärzte und Krankenschwestern und anderes Personal liefen um die Mittagszeit in Kitteln hin und her, die Kantine lag drüben, noch hinter dem Kiosk. Auf der Wiese waren immer viele Vögel. Die großen schwarzen zum Beispiel, die so herumstolzieren. Raben. Oder Krähen. Viele Spatzen.

Sie saß am Tisch und aß. Vier Scheiben Brot mit einem Belag aus Kartoffeln und Zwiebeln. Die Brote schmierte immer Kim für sie.

5

Ester bekam ebenfalls das Angebot, als Küchendame anzufangen, aber das wollte sie nicht. Es sei abwechslungsreicher, auf den verschiedenen Stationen herumzukommen, fand sie.

Eines Morgens musste sie in einem Zimmer mit Ansteckungsgefahr saubermachen. In dem Zimmer lag ein junges Mädchen. Ester hatte nicht gesagt bekommen, was dem Mädchen fehlte. Aber sie sollte eine Maske aufsetzen, bevor sie ihren Wagen ins Zimmer schob. Die Vorhänge waren zugezogen. Das Mädchen lag ganz unter der Decke versteckt. Auf dem Nachttisch stand eine Orangenlimonade, das Glas war noch ganz voll. Ester bewegte sich langsam und vorsichtig. Sie putzte das Waschbecken. Es war überhaupt nicht benutzt worden. Auch im Abfalleimer lag nichts.

Ester bekam Angst, das Mädchen könne tot sein. Im Zimmer war kein einziger Laut zu hören. Kein Atemzug, keine Bewegung. Ester stand ein Stück vom Bett entfernt, in der einen Hand den Trockenmopp. Sie erzählte, dass sie spüren konnte, wie ihr Herz schlug. Es kam ihr beinahe so vor, als könnte sie es *hören*. Sie legte die freie Hand auf ihre Brust, nahm einen tiefen Atemzug durch die Maske. Und noch einen. Dann bekam sie Angst, sie könnte infizierte Luft eingeatmet haben, tief in ihre Lungen. Sie wollte die Luft wieder loswerden. Sie atmete aus. Leerte ihre Lungen vollständig, mit gespitzten Lippen. Es gab einen zischenden Laut.

Dann war es wieder still im Zimmer. Ester bewegte sich nicht. Das Mädchen im Bett bewegte sich nicht.

Ester beeilte sich, den Fußboden zu wischen.

Sie warf das saubere Handtuch in den Wäschekorb.

Füllte einen neuen Stapel Papierservietten in den Behälter.

Sah sich selbst mit der Maske im Spiegel.

Erschrak bei diesem Anblick. Sie schwitzte.

Sie stand ganz still. Und spürte dabei, wie ein Schweißtropfen ihre Körperseite hinunterlief.

– Warum schnaufst du so?, kam die Stimme des Mädchens vom Bett, eine tiefe Stimme.

Ester schrak zusammen. Sie gab einen hohen Laut von sich. Dann richtete sie sich auf.

– Schnaufen?, sagte sie durch die Maske hindurch. Es klang, als blase sie auf einem Kamm.

– Ich schnaufe nicht.

Sie wrang schnell den Lappen aus und stellte den Trockenmopp in den Eimer auf dem Wagen. Schob den Wagen aus dem Zimmer und ging auf die Toilette. Dort wusch sie sich gründlich Hände und Arme und nahm die Maske ab. Sie hatte unter den Ohren Abdrücke hinterlassen.

– Das ist doch ein verdammter Scheißjob, den wir da haben, sagte Ester. Sie brauchte eine Tasse Kaffee, um sich von dem Schreck zu erholen. Susanne war gerade dabei, die Reste vom Frühstück wegzuräumen. Gerade hatte sie eine Schale mit Trockenpflaumen in der Hand.

– Willst du eine?, fragte sie Ester und hielt ihr die Schale entgegen.

– Nein, danke. Die sehen zu sehr aus wie das, was dann später wieder rauskommt.

Aber eine Zigarette wollte Ester rauchen. Und das durfte man in Susannes Küche. Man musste dabei nur das Fenster öffnen. Ester zündete sich ihre Zigarette an, sog den Rauch ein und drehte sich zum offenen Fenster um. Erst da atmete sie aus. Sie blieb einen Augenblick so sitzen.

– Pfui Teufel auch, sagte sie und hustete. – Ich habe einen Mundvoll frische Luft abbekommen.

Sie lachte. Sie hatte einen Überbiss, was bei ihr aber gar nicht schlecht aussah. Sie ließ sich gegen die Stuhllehne sinken.

– Heute gibt es Tafelspitz mit Meerrettich, sagte sie. – Aber du wirst wohl deine Brote essen, oder?

Susanne nickte.

Ester nahm die Zigarette vom Aschenbecher auf und nahm einen Zug.

– Die verfluchte Göre hat mich vielleicht erschreckt, sagte sie und blies den Rauch durch die Nasenlöcher aus. – Warum hast du eigentlich immer belegte Brote dabei?

Susanne zuckte mit den Schultern.

– Kim schmiert mir eben immer welche.

– Hat er denn nichts anderes zu tun? Was macht er eigentlich?

– Er schreibt.

– Ah. Und davon kann man leben?, fragte Ester, aber bevor Susanne antworten konnte, klopfte Magrethe an die Tür und sagte in ihrer stillen Art, dass einer der Patienten um eine extra Scheibe Schwarzbrot bitte. Ohne irgendetwas. Und da stand Ester auf und verkündete, sie wolle jetzt zu Luffe gehen und auch ihm von dem falschen toten Mädchen erzählen. Aber vorher würde sie gerne noch das Menü auf die Karte vor der Tür schreiben. Wenn das okay wäre?

Luffe arbeitete in der Zentralküche. Was genau er dort machte, wusste Susanne nicht. Sie hatte ihn nur ein einziges Mal gesehen, und auch nur von hinten, als er auf dem Parkplatz beim Auto stand und auf Ester wartete. Sie waren seit vier Jahren verheiratet.

Luffe und Ester aßen immer im Krankenhaus zu

Mittag. Luffe aß in der Zentralküche, und Ester bekam ihr Essen unerlaubterweise bei Susanne in der Küche. Offiziell war das Essen der Patienten für das Personal tabu. Viele wollten davon auch gar nichts essen. Die Krankenschwestern brachten morgens im Wechsel Brot mit, die Küche lieferte dann den Käseteller dazu. Nur die Krankenschwestern durften vom Krankenhauskäse essen. Mittags gingen sie in die Kantine. Und das taten die Ärzte sicherlich auch. Susanne würde keinen einzigen von ihnen auf der Straße wiedererkennen.

6

Ester hatte zwei Fehlgeburten gehabt, und keiner konnte sagen, wieso.

Sie wollten unbedingt Kinder haben. Als sie sich kennenlernten, erzählte Ester, habe Luffe in seiner Garderobe ein Dreirad stehen gehabt. Er hatte es in einem Container gefunden und es seitdem aufgehoben. Das war reichlich seltsam. Denn zu Hause in ihrem eigenen Kleiderschrank hatte Ester ein Schaukelpferd, und die Geschichte war genau die gleiche. Das Schaukelpferd hatte sie über acht Umzüge begleitet.

– An solchen Dingen merkt man eben, dass man zusammenpasst, sagte Ester.

Schwanger wurde sie ganz ohne Probleme. Sie bekam auch sämtliche Symptome in gewaltigem Ausmaß. Verspürte vom ersten Tag an jeden Morgen Übelkeit und aß Unmengen von Orangen und Leberpastete. Musste mittags die Beine hochlegen und mindestens drei Stunden schlafen, wenn sie freihatte.

Beide Male hatte sich die Fehlgeburt in der achten Woche ereignet.

– Ich kann sie einfach nicht in mir halten, sagte sie und berichtigte sich gleich selbst:

– Oder konnte.

Sie stand in ihrem Kittel am Küchentisch, die eine Hand auf der Tischplatte ruhend, in der anderen eine Zigarette.

– Aber wir versuchen es weiter. Nächstes Mal wird es schon klappen, sagte sie.

Das nächste Mal war am Tag darauf.

Ester kam eine halbe Stunde später als gewöhnlich zum Vormittagskaffee. Susanne hatte gerade schon angefangen, sich zu fragen, ob Ester vielleicht krank sei, da sie nicht auftauchte. Aber dann stand sie plötzlich in der Tür, ganz bleich im Gesicht und mit einem breiten Lächeln. Ihre Haare saßen anders als sonst. Noch in der Tür stehend, beugte sie sich vor.

– Ich bin schwanger, flüsterte sie.

Ganz unmittelbar glaubte Susanne, es sei nur ein Witz. Ester zog nämlich ihre Backen so nach oben. Doch dann kam sie herein und schloss vorsichtig die Küchentür hinter sich, schlich beinahe zum Tisch und setzte sich hin. Sie legte die Hände auf ihre Oberschenkel und streckte den Rücken ganz gerade.

– Ich weiß es seit gestern Abend, sagte sie. – Das war wohl, weil wir noch darüber geredet hatten. Ich habe kurz vor Ladenschluss einen Test gekauft, und der war dann positiv. Aber Luffe soll noch nichts davon wissen.

– Warum denn nicht?, fragte Susanne.

Ester schüttelte den Kopf.

– Diesmal nicht, sagte sie. – Es nimmt ihn zu sehr mit.

– Und wann willst du es ihm sagen?

– Auf jeden Fall erst nach der zwölften Woche.

– Aber du kannst es doch nicht so lange geheim halten.

– Klar kann ich das.

– Ist das nicht irgendwie verkehrt?

– Nee. Ich mache es doch ihm zuliebe.

Vier Tage später hatte Ester Luffe von der Schwangerschaft erzählt.

– Ich konnte natürlich meine Klappe nicht halten, sagte sie. – Ich habe mich ja auch gefragt, was wäre, wenn es wieder schiefgeht. Da wäre es doch dumm, wenn er es nicht weiß.

Sie hatte die weißen Sandalen ausgezogen und ging auf Zehenspitzen in der Küche auf und ab. Susanne saß auf ihrem Stuhl und trank ein Glas Milch. Es hatte ein wenig geschneit, doch der Schnee war schon fast wieder weg. Die Temperatur lag knapp über dem Gefrierpunkt, es war Ende Oktober letzten Jahres.

– Er hat ja auch gesehen, dass ich jeden Tag nach der Arbeit erst mal ratzen musste, sagte Ester.

– Ich finde es gut, dass du es ihm erzählt hast, sagte Susanne. – Hat er sich gefreut?

– Das kannst du glauben.

Ester setzte sich Susanne gegenüber. Die weißen Sandalen standen x-beinig mitten im Raum.

– Aber er macht sich auch ein bisschen Sorgen. Es wäre ihm am liebsten, wenn ich mich krankmelden würde.

– Warum das denn?

– Er meint, es wäre das Beste, wenn ich die ganze Zeit still im Bett liege.

– Hm.

– Aber das ist es nicht. Ich habe letztes Mal mit dem Arzt darüber gesprochen. Es hat gar nichts damit zu tun, dass ich arbeite.

Ester kramte in ihrer Tasche nach Zigaretten und zündete sich eine an.

– Ich höre auch erst nach der zwölften Woche mit dem Rauchen auf, sagte sie. – Jetzt habe ich absolut nicht die Nerven dafür.

– Schon klar. Willst du Kaffee?

– Pfui Teufel, nein.

Ester hörte schon in Woche zehn auf zu rauchen, und Luffe fing an, sich zwischendurch auf der Station blicken zu lassen. Er stand mit Ester vor dem Spülraum und unterhielt sich mit ihr über den Putzwagen hinweg, flüsternd. Niemand wusste von Esters

Schwangerschaft. Offiziell auch Susanne nicht. Sie musste eine Flasche Desinfektionsmittel aus dem Spülraum holen und nickte ihnen zu.

– Tag, sagte sie. Und versuchte dabei, Jütländisch zu klingen. Obwohl sie noch nie in Jütland gewesen war.

– Tag, sagte Ester.

Luffe sagte nichts. Er hatte eine Hand in der Hosentasche. Susanne holte das Desinfektionsmittel und studierte auf dem ganzen Weg zurück zur Küche das Etikett.

Sie war gerade dabei, die Fliesen über der Arbeitsplatte zu desinfizieren, als Ester hereinkam.

– Jetzt gehen sie aber verdammt noch mal zu weit, sagte Ester und setzte sich.

– Was denn?

– Wenn wir Zeit über haben, sollen wir jetzt auch noch runter in den Keller und Betten putzen.

– Oh, nee, oder?, sagte Susanne.

– Oh, doch, sagte Ester. – Luffe hat es gehört.

Sie fand auf dem Fensterbrett einen Gummiring, spannte ihn zwischen Daumen und Zeigefinger und schlug ihn wie eine Saite an. Sie hielt das ganze Arrangement ans Ohr und lauschte.

– Das klingt wirklich, sagte sie.

Dann warf sie den Gummiring auf den Tisch.

– Heute Mittag muss ich wohl Schwarzbrot essen, sagte sie. – Es gibt gekochten Dorsch. Igitt.

– Du nimmst dir einfach, sagte Susanne.

Sie trocknete jede einzelne Fliese gründlich ab. Es hinterließ keine Spuren auf dem Lappen.

– Luffe überschlägt sich zu Hause fast, sagte Ester. – Er restauriert eine alte Kommode, damit wir sie für Kinderklamotten verwenden können. Sie ist anderthalb Meter hoch.

– Nicht übel.

– Und wenn es schiefgeht, verwenden wir sie einfach für Handtücher. Oder stellen sie ins Wohnzimmer. Er ist wirklich verdammt gut bei so was.

– Das muss schön sein.

– Ja, man hat schon Glück mit so einem Mann.

– Kann man wohl sagen, sagte Susanne.

Es war völlig unmöglich zu erklären, wie Luffe aussah. Man konnte es nicht vor sich sehen. Eines Tages streckte Magrethe ihren Kopf zur Küchentür herein.

– Sie, deine Freundin, die hier putzt, sagte sie.

– Freundin und Freundin, sagte Susanne und bereute sofort ihre Wortwahl.

– Ihr Mann arbeitet doch unten in der Zentrale, oder?

– Ja.

– Wie sieht er denn aus?

Susanne dachte nach.

– Schwer zu sagen, sagte sie.

– Ist er eher klein, oder groß?, fragte Magrethe.

Doch da ging hinter ihrem Rücken ein Arzt vorbei, mit dem sie unbedingt etwas besprechen musste.

Als Ester in der dreizehnten Woche war, gab sie in der Verwaltung Bescheid. Es wurden vorläufige Termine für die Elternzeit festgesetzt. Ester trug ständig einen Kalender mit sich herum. Es ging ihr gut.

– Es geht mir verdammt gut, sagte sie.

– So siehst du auch aus, sagte Susanne.

Man konnte es noch nicht sehen. Esters Bauch war flach wie immer. Aber sie hatte angefangen, den Putzwagen mit nur einer Hand zu schieben. Die andere lag auf dem Unterbauch. Sie hatte neue Sandalen bekommen, und die Strumpfhosen blieben im Schrank.

– Man ist ein einziger Heizkörper, sagte Ester.

Es war letztes Jahr im Dezember, und sie saßen in der Küche und aßen Gewürzplätzchen und Vanillekränze, die Susanne in einer Tupperdose mitgebracht hatte. Kim hatte gebacken. Es waren noch fünf Tage bis zum Weihnachtsabend, und Susannes Urlaub begann am selben Nachmittag. Ester sollte die Weihnachtstage über arbeiten und dafür aber die ersten zwei Januarwochen Urlaub haben.

– Wer hat die denn gebacken? Die sind lecker, sagte Ester und klopfte sich auf den Bauch.

Sie hielt sich einen Vanillekranz vors Auge und schaute durch das Loch in der Mitte.

– Das haben wir so gemeinsam gemacht, sagte Susanne.

Ester nickte.

– Dann nehme ich gleich zwei, sagte sie.

Sie legte den Kopf in den Nacken und lachte laut. Ihre Schultern zuckten. Sie wischte sich über die Augen.

– Scheiße auch, man ist gar nicht man selbst, sagte sie, nahm noch ein Plätzchen und biss es mitten durch.

Ester hatte am zweiten Weihnachtsfeiertag eine Fehlgeburt.

Susanne erfuhr es von Petersen, gleich nach ihrem Weihnachtsurlaub. Petersen war in die Küche gekommen, um den Speiseplan zu studieren. Ihre Brille saß ganz vorne auf der Nasenspitze, während sie las.

– Gebratener Schweinebauch und Mandelmilchreis, sagte sie. – Das ist ja schrecklich.

– Warum denn?, fragte Susanne.

Petersen sah sie über ihre Brille hinweg an.

– Am dritten Januar isst doch kein normaler Mensch Mandelmilchreis.

– Hm, nein.

Susanne spülte gerade die Kaffeekanne unter fließendem Wasser ab. Es war gar nicht so einfach, die schwarzen Ränder wegzubekommen.

– Und dann morgen: Hagebuttensuppe und Bratwurst. Es wird immer schlimmer. Du kannst sie in Essig einweichen.

Petersen zeigte ein paarmal auf die Kaffeekanne, schaute aber weiter auf den Speiseplan.

– Das ist eine unschöne Sache, das mit deiner Freundin, sagte sie.

– Ester?, fragte Susanne.

– Sie hat doch an Weihnachten das Kind verloren.

– Wirklich?

Petersen schob ihre Brille nach oben und drehte sich zu Susanne um.

– Ja, am zweiten Weihnachtsfeiertag. Die Blutungen haben eingesetzt, da war sie gerade hier draußen auf dem Gang.

– Bei der Arbeit? Was ist dann passiert?

– Sie hat da draußen gestanden und um Hilfe gerufen. Es war so kurz nach neun.

Sie sah auf ihre Armbanduhr und danach hoch zur Decke.

– Sie wollte noch selbst hinter sich aufwischen, aber man hat sie davon abgehalten. Mehr weiß ich nicht. Oder doch, sie war noch ein oder zwei Tage auf der A1.

Das Wasser lief noch immer. Petersen beugte sich vor und drehte den Hahn zu.

– Ja, das war schon schlimm, sagte sie. – Es tut mir leid für sie. Na.

Sie drehte sich um und ging. Susanne blieb an der

Spüle stehen. Dann öffnete sie die Tür und sah den Gang hinauf und hinunter. Sie ging in den Aufenthaltsraum und schaute aus dem Fenster. Gerade bevor sie wieder die Küche betrat, sah sie, dass Petersen das Menü an die Tafel geschrieben hatte. Die Buchstaben waren klein und kantig, »Gebratener Schweinebauch und Mantelmilchreis«, stand da.

Ester kam nach dem Urlaub nicht mehr zurück. Susanne fragte bei der Leitung nach und erfuhr, dass Ester gekündigt hatte.

– Sie wollte auf irgendeine Schule gehen, sagte die Leiterin. – Das war danach, also nach der Fehlgeburt.

Susanne nickte. Sie hatte aus und war schon umgezogen. Sie roch ihre eigenen Haare, das Shampoo. Die Leiterin saß am Schreibtisch, die Ellbogen aufgestützt, und studierte Dienstpläne.

– Ja, dann tschüs, sagte Susanne.

Als sie auf den Parkplatz hinaustrat, sah sie Luffe auf sich zukommen. Sie blieb stehen und wartete auf ihn, kramte nach etwas in ihrer Tasche. Er nickte ihr nur zu und ging an ihr vorbei zum Eingang.

– Bitte, sag Ester viele Grüße von mir, sagte sie zu seinem Rücken.

Er wandte sich kurz um und nickte wieder. Sie blieb eine Weile stehen, die eine Hand noch immer in der Tasche, bevor sie schließlich zu ihrem Fahrrad ging.

Sie sah Luffe nicht mehr, solange sie noch im Krankenhaus arbeitete. Sie stellte sich auch nicht vor, dass sie jemals wieder etwas mit Ester zu tun haben würde.

7

Im März liehen sich Susanne und Kim auf unbestimmte Zeit einen Ford aus. Das Auto gehörte Kims Bruder, der für eine Weile in Neuseeland arbeiten sollte. Susanne saß nur ungern selbst am Steuer. Sie fuhr mit dem Rad zur Arbeit oder nahm die S-Bahn, wenn es regnete.

Kim dagegen benutzte das Auto recht häufig. Sie wusste nicht, wohin er dann fuhr. Ein paarmal erzählte er, dass er am Meer gewesen sei. Aber meist sagte er nichts.

Wenn er mit seiner Arbeit vorankam, blieb er zu Hause. Dann stand er nicht vom Schreibtisch auf, bis sie im Flur ihre Tasche auf den Fußboden fallen ließ. Ohne erst die Jacke auszuziehen, ging sie ihm entgegen. Er stand in der Tür zum Schlafzimmer und lächelte. Auf dem Tisch hinter ihm war der Aschenbecher voll und die Schreibtischlampe an. Die Tagesdecke ordentlich auf dem Bett ausgebreitet. Er hatte nicht darauf gelegen. Auf dem Boden lagen Bücher. Das oberste Fenster zum Hof hinaus stand offen, und Wind wehte herein. Der Wind war kühl und roch nach Erde.

– Hallo, sagte sie.

– Hallo, sagte er, und seine Stimme klang rau und warm. Sie schmiegte sich an ihm vorbei und wollte sich umziehen und brachte die Tagesdecke in Unordnung. Er schloss das Fenster. Sein Körper war schwer und gut. Später arbeitete er noch ein paar Stunden weiter, während sie sich auf dem Sofa ausruhte. Dann machte er Abendessen, und sie lag da und lauschte seinen Bewegungen in der Küche. Sie streckte sich unter der Decke.

An den schlechten Tagen aber war das Auto weg, wenn sie von der Arbeit nach Hause kam. Sie schloss die Wohnungstür auf und brachte die Zeitung und die Werbesendungen in die Küche. Dort stand dann vielleicht ein Topf mit eingetrocknetem Haferbrei auf dem Herd, und sie weichte ihn ein und machte sich ein Brot. Sie ging hinüber und legte sich ins Bett. Es war zerwühlt und kalt. Sie schlief in ihren Kleidern ein und wachte erst wieder auf, wenn er nach Hause kam. Sie stand auf und ging zu ihm ins Wohnzimmer. Er studierte, über den Esstisch gebeugt, einen EC-Karten-Beleg.

– Hallo, sagte sie.

– Hallo, sagte er, und manchmal legte sie eine Hand auf seinen Rücken.

– Spar dir bitte dein Mitleid, ja?, sagte er, und sie ging weiter, zum Fenster. Draußen dichter Verkehr.

Wenn man das Fenster öffnete und sich hinauslehnte, konnte man die Autos an der Kreuzung sehen. Hören konnte man sie die ganze Zeit, nur hinten im Hof nicht. Sie wusste nicht, woran das lag. Sie schloss das Fenster wieder und ging in die Küche, schälte Zwiebeln. Sie machte das Radio an und hörte Nachrichten und die Wettervorhersage.

Eigentlich brauchten sie das Auto gar nicht, und doch gewöhnten sie sich daran, dass es da war. Am Wochenende fuhren sie hinaus aus der Stadt, nach Norden oder manchmal quer durch Seeland. Sie blieben irgendwo am Wasser im Auto sitzen und betrachteten den Brückenbau oder die Fähren, wie sie an- und ablegten.

Dazu hörten sie Musik. Sie wusste nie, was sie da hörten. Wenn Kim die Musik kommentierte, nickte sie langsam, als ob sie genau verstünde, was er meinte, aber mit ihren Gedanken gerade ganz woanders wäre. Er stieg aus und steckte sich eine Zigarette an. Bevor auch sie ausstieg, nahm sie die Kassette heraus und las, was daraufstand, aber sie war nicht immer schlauer danach. Sie steckte sie schnell wieder zurück in den Kassettenspieler.

Kim saß auf einem großen Stein und ließ die Beine baumeln. Der Rauch aus seinem Mund zog hinter ihm vorbei und verschwand. Sein Gesicht war der halben Brücke zugewandt. Er sagte nie viel dazu, aber solche Bauprojekte faszinierten ihn. Es gab nicht viel, was Susanne weniger interessiert hätte. Sie stand dicht hinter ihm. Wenn er Rauch ausblies, atmete sie tief ein.

– Soll ich nicht vielleicht ein Foto von dir machen?, fragte sie.

– Nein, verflucht.

Er wandte sich auf seinem Stein zu ihr um.

– Es könnte aber gut werden, mit der Brücke im Hintergrund, sagte sie.

– Die Brücke ist mir völlig egal, sagte er und stand auf.

Kurz bevor sie wieder beim Auto waren, legte er den Arm um sie. Er zog sie ganz nahe zu sich heran. So blieben sie eine Weile stehen. Sie musste daran denken, wie sie ein anderes Mal am Meer gewesen waren. Ein anderes Paar, aus Deutschland, war gekommen und hatte einen Drachen steigen lassen. Die Frau hatte einen gelben Regenmantel angehabt. Ihr Lachen, im Gegenwind, war hell und laut gewesen. Es ging ein unglaublich starker Wind. Man konnte kaum hören, was man selbst sagte. Aber das Lachen der Frau konnte man hören. Darüber hatten sie auf dem Heimweg gesprochen, wie das wohl möglich war. Sie hatten auch darüber gesprochen, was erwachsene Menschen dazu brachte, Drachen steigen zu lassen.

– Das ist doch alles nur Inszenierung, hatte Kim

gesagt. – Genau wie Abendspaziergänge am Dorfteich und Verstecken spielen.

– Okay, sagte sie.

Andere Male entdeckten sie auf der Karte einen Wald und fuhren dorthin. Sie fuhren auf kleinen Landstraßen, durch Dörfer mit langen Namen. Kim hatte Spaß daran, eine Route zu finden. Er suchte sie schon zu Hause heraus und lernte sie auf irgendeine Art auswendig. Manchmal hatte sie es satt, dass alles geplant werden musste. Sie bestand darauf, dass er einen anderen Weg fuhr. Sie bat ihn, bei irgendwelchen kleinen Dorfläden anzuhalten, und kaufte dort Schokolade und Cola. Sie ließ sich reichlich Zeit im Laden. Sie sah ihn draußen im Auto sitzen, wie seine Finger auf dem Lenkrad trommelten. Während sie weiterfuhren, aß sie die ganze Schokolade auf, kaum dass sie ihm etwas anbot. Sie wurde schläfrig und schloss die Augen. Wenn er glaubte, sie sei eingeschlafen, fand er schnell wieder auf die ursprüngliche Route zurück. Er fuhr zu dem geplanten Wald. Er parkte, aber da war sie dann beleidigt und schaffte es nicht, auszusteigen. Sie hatte Sodbrennen und wollte sich auf der Rückbank ausruhen.

– Schlaf gut, sagte er und ging los, aber als sie ihn am Ende des Waldwegs nicht mehr sehen konnte, bekam sie Angst und lief ihm hinterher.

– Wolltest du nicht schlafen?, sagte er, und sie schüttelte den Kopf, auch als er fragte, ob sie das Auto abgesperrt habe.

– Du hast doch die Schlüssel, sagte sie.

Also mussten sie beide zurückgehen und abschließen, bevor der Spaziergang fortgesetzt werden konnte.

Sie gingen in raschem Tempo, vielleicht zwei Kilometer, ohne miteinander zu reden. Er lief die ganze Zeit ein Stück vor ihr. Schließlich aber wurde das Seitenstechen so schlimm, dass sie rief, er solle doch bitte langsamer laufen. Er blieb stehen.

– Dann sag doch einfach, dass ich zu schnell gehe, sagte er.

– Genau das sage ich doch auch, sagte sie, schnaufend.

– Das ist doch kein Krieg, das hier, sagte er.

Er streckte ihr seinen Arm entgegen, als wolle er ihr aufhelfen. Sie ergriff den Arm. Sie gingen weiter. Sie schwitzte in ihrem Wollpullover. Er strich ihr über den Nacken. Da wurde sie übermütig.

– Was haben wir eigentlich vor?, fragte sie.

Er zog seine Hand zurück. Vielleicht hatte es nichts zu bedeuten.

– Haben wir irgendwas vor?, fragte er, aber als sie darauf wiederum mit einer Frage antworten wollte, wollte er nicht mehr.

– Manchmal wache ich nachts auf, weil ich aufgehört habe zu atmen, sagte er eines Tages, als sie an einem Rastplatz saßen. Sie wühlte verzweifelt in ihrer Handtasche, sie brauchte ein Taschentuch. Sie hatte ein Insekt verschluckt und hatte so sehr husten müssen, dass die Tränen liefen.

– Na, dann ist es ja gut, dass du aufwachst, sagte sie und wischte sich übers Gesicht, das Taschentuch wurde ganz schwarz von Wimperntusche und hellbraun von ihrer Tönungscreme. Eigentlich hatten sie in einem Fischrestaurant essen wollen, aber jetzt fühlte sie sich aufgelöst und schlicht nicht vorzeigbar und wollte nur noch nach Hause. Er war ohne Weiteres einverstanden gewesen, und auf dem Rückweg hatten sie an einer Tankstelle Weißwein und Fischfilets gekauft.

Ein anderes Mal war er weggefahren und hatte im Auto übernachtet. Sie hatten davor nicht gestritten oder so was. Er hatte nur gesagt, dass er eine Luftveränderung brauche. Er hatte an einem Freitag am späten Nachmittag am Küchentisch gesessen und Haferbrei mit Milch gegessen.

– Wie, Luftveränderung?, hatte sie gesagt.

– Es muss einfach mal was passieren, was anderes, sagte er.

Sie selbst sollte ihren großen Bruder besuchen, und Kim würde sie zur Bahn bringen und allein mit dem Auto weiterfahren. Er wollte Richtung Westen. So viel konnte er zumindest sagen. Er wollte seine Decke mitnehmen und im Auto sitzen und schlafen.

– Du könntest doch auch mit zu Torben und Jane kommen, sagte Susanne. – Da gibt es jede Menge Luft.

– Nein, danke. Familie ist jetzt wirklich das Letzte, was ich brauche.

– Oder ich könnte mit dir mitkommen. Wir könnten beide im Auto schlafen.

Sie sagte das nicht, weil sie die Vorstellung von kalten, feuchten Decken und einem ungemütlichen dunklen Rastplatz sonderlich ansprechend fand.

– Nein. Ich will allein sein.

– Gut.

Sie ging zum Spülbecken und stellte ein Glas unsanft auf die Arbeitsplatte. Sie drehte den Wasserhahn bis zum Anschlag auf.

– Und sag Torben ruhig, wie es ist, sagte Kim.

– Das habe ich auch vor, sagte sie.

Das Wasser traf auf einen Löffel, der in der Spüle lag, und spritzte auf ihre Strickjacke. Sie zog sie aus und hängte sie über eine Stuhllehne.

– Ich finde das schon reichlich seltsam, sagte sie.

– Du kannst das Auto die ganze nächste Woche haben, sagte er.

– Fein, das passt mir bestens, sagte sie.

Sie benutzte das Auto nur Montag und Dienstag. Sie fuhr damit zur Arbeit. Nachts wachte sie mehrmals auf, beim Gedanken an die bevorstehende Fahrt krampfte sich ihr Magen zusammen. Sie hatte überhaupt keine Erfahrung darin, im Stadtverkehr zu fahren. Es machte sie völlig fertig. Sie musste all ihre Kraft aufwenden, um das Auto durch einen Kreisverkehr zu manövrieren. Und wenn sie auf eine Kreuzung zufuhr, und die Ampel stand auf Grün, dann fuhr sie abwechselnd viel zu langsam oder ganz unverantwortlich schnell. Sie konnte aus der Ferne einfach nicht einschätzen, ob sie es noch hinüberschaffen würde. Und fast immer schaffte es die Ampel, noch auf Rot umzuschalten. Dann trat sie fest auf die Bremse und blieb halb auf dem Fußgängerübergang stehen.

Sie beschloss, am Mittwochmorgen wieder mit dem Rad zu fahren. Sie überlegte, was sie Kim sagen sollte, und entschied sich für die Wahrheit. Was dann aber gar nicht nötig war. Als sie sagte, sie würde das Auto stehenlassen, nickte er nur, ohne nach dem Grund zu fragen. Sie schwor sich, dass sie sich nie wieder in einer Großstadt ans Steuer setzen würde.

8

Sie wurde gefragt, ob sie neues Küchenpersonal einlernen wolle. Das war wie eine Art Beförderung. Drei Küchendamen würden aufhören, und deshalb mussten drei neue eingelernt werden.

Das wollte Susanne nicht, und sie konnte nicht sagen, was der Grund war.

– Sie würden sie einfach in den nächsten drei Wochen unter Ihre Fittiche nehmen, immer jeweils nur eine, sagte die Leiterin. Sie war in der Vormittagspause heraufgekommen und hatte sich in die Küche gesetzt. Sie hatte beide Ellbogen auf dem Tisch.

– Ich weiß nicht recht, wo ich sie sonst hinschicken soll. Ist das Ketchup?

Die Leiterin zeigte auf die Glasschale, die Susanne in der Hand hielt.

– Nein, das ist so ein Chutney. Es gibt heute Reis.

– Ah, gut. Ja.

Die Leiterin stand auf. Sie trug Stützstrümpfe. Sie steckte beide Hände in die kleinen Taschen ihres Kittels, sie passten gerade so hinein. Sie ging langsam durch den Raum. Sie machte Schnalzlaute mit der Zunge.

– Tüdelü, sagte sie und öffnete die Tür.

– Ja, tschüs, sagte Susanne.

Es war Mitte Mai. Die Krankenschwestern zogen zahlreich nach draußen, auf die Wiese dort unten, wann immer sich die Gelegenheit bot. Im Winter waren sie zwischen den Gebäuden hin- und hergeeilt. Jetzt gingen sie langsam, in kleinen Grüppchen. Die weißen Kittel flatterten vor dem Grün. Auch einige der Patienten wurden hinausgeschoben und saßen dann dort unter ihren Decken, die Gesichter der Sonne zugewandt.

Sie schaute vom Fenster im hinteren Teil der Küche auf sie hinunter, in der Hand einen Kochlöffel. Das Wasser lief. Eine der Krankenschwestern stolperte dort unten, und zwei andere kamen ihr zur Hilfe, dann lautes Lachen. Sie wandte sich zum Wasser um und spülte den Kochlöffel ab und griff nach hinten auf den vollen Rollwagen. Auf einem der Teller lag ein Gebiss, halb verdeckt von einem übergelassenen Stück Fleisch. Es war die obere Zahnreihe. Sie stand einen Augenblick mit dem Teller in der Hand da. Dann kratzte sie das Gebiss in den Mülleimer. Sie warf schnell gebrauchte Servietten und Reisreste hinterher. Danach bereute sie es und musste den Arm fast ganz bis zur Achsel in den Eimer stecken, um es wieder herauszufischen. Sie wischte es trocken und lieferte es bei der Sekretärin ab.

Am selben Abend erzählte sie Kim von dem Gebiss. Sie erzählte auch, dass sie neue Küchendamen einlernen sollte und dass sie das nicht wolle.

– Das verstehe ich gut, sagte er.

Sie tranken Wein zum Essen. Am Vormittag hatte er erfahren, dass ein Fonds in Jütland ihm ein recht großzügiges Stipendium bewilligt hatte. Es war ganz überraschend gekommen, er hatte nicht mit einer Zusage gerechnet. Aber darauf gehofft hatte er doch, auch weil sich herausgestellt hatte, dass einer seiner alten Lehrer vom Gymnasium im Ausschuss saß.

– Tust du?, fragte sie.

– Natürlich. Du bist schon zu lange da. Du hast keine Lust, zu den alten Hasen zu gehören.

– Nein, das stimmt wohl, sagte sie.

Er hatte auch drei neue CDs und vier Romane und ein Wörterbuch gekauft, und ganz kurz streifte sie der Gedanke, dass das Geld doch schnell Beine bekam. Aber sie sagte nichts. Er hatte Hähnchen und dazu grünen Salat gemacht.

– Könnte sein, dass jetzt ein guter Zeitpunkt wäre, um zu kündigen, sagte er und hob sein Glas.

– Vielleicht, sagte sie.

Die Tür zum Garten hinaus stand angelehnt. Es war noch immer ganz hell draußen. Sie nahm ein Stück Küchenrolle und lehnte sich im Stuhl zurück. Sie lächelte ihn an. Er griff nach einem Flügel.

– Sollen wir nachher nicht noch eine Runde um den See gehen?, fragte er.

– Jetzt?, fragte sie.

Er hatte seinen hellen Pullover an. Er erdichtete Geschichten rund um das Gebiss, während sie gingen. Es knirschte unter ihren Füßen. Radfahrer überholten sie in hohem Tempo. Er legte einen Arm um sie und reckte den anderen drohend in die Luft. Wie sie so gingen, wurden die Bäume am Ufer langsam immer dunkler. Die Geräusche gedämpfter. Es war ein Spaziergang von fast fünf Kilometern. Sie hatten zwei Flaschen Wein getrunken, bevor sie losgingen. Er sprach von den Häusern am Seeufer und über die Möglichkeit, in einem von ihnen zu wohnen. Sie sagte, dass diese Möglichkeit niemals kommen würde. Er wurde wütend und sagte, dass sie doch keine Ahnung habe. Da habe er recht, sagte sie. Du musst einfach da im Krankenhaus aufhören, sagte er, du wirst davon ganz klein im Kopf. Was dumm ist, denn in Wirklichkeit bist du ziemlich clever. Danke, sagte sie, ich werde sehen, was ich tun kann.

Es war dunkel, als sie die Haustür aufschlossen. Sie setzten sich ins Wohnzimmer, schliefen, jeder auf seiner Seite des Sofas, ein und wachten am nächsten Morgen viel zu spät auf. Susanne stürzte zur Tür hinaus.

Am selben Tag kündigte sie.

Als sie nach dem Frühstück aufgeräumt hatte, wusch sie sich gründlich die Hände, trocknete sie lange ab und cremte sie ein. Sie ging zum Aufzug und fuhr in den Keller hinunter. Dort werkelten ein paar Träger an einem leeren Bett herum. Sie grüßte und ging weiter. Ihre Schritte dröhnten auf dem Betonboden.

Die Leiterin stützte sich schwer auf den Schreibtisch und notierte die Kündigung auf einem Zettel.

– Das kommt ja plötzlich, sagte sie.

– Nein, gar nicht so sehr, sagte Susanne.

– Und *dann*, was werden Sie machen?

– Es gibt da verschiedene Pläne.

– Na. Aber gut, ist notiert.

Bereits als sie die Träger vor dem Aufzug zum zweiten Mal grüßte, bereute sie es. Jetzt reiß dich aber zusammen, sagte sie auf dem Weg nach oben leise zu sich selbst. Sie stieg aus und ging auf ihre Station.

Oft hatte sie ganz vergessen, dass sie sich in einem Krankenhaus befand. Wenn die Krankenschwestern kurz hereinschauten, um an spezielle Diäten zu erinnern oder Eis zu holen, ertappte sie sich immer wieder dabei, dass sie einen Augenblick lang dachte: Was arbeiten sie hier gleich noch mal? Aber dann hörte sie eine schrecklich heisere Stimme husten oder um Hilfe rufen. Oder sah, halb hinter einer Tür versteckt, einen dünnen Arm über eine Bettkante hängen. Nicht, dass sie alle so arm dran waren. Da gab es große Unterschiede. Die besten Patienten waren die Hochschwangeren mit Diabetes. Davon hatte sie zwei gehabt. Sie waren fröhlich und voller Erwartung. Sie kamen in die Küche und baten um ein wenig verbotene Marmelade oder Weißbrot, lächelnd, in riesengroßen Morgenmänteln.

An diesem Tag vergaß sie die ganze Zeit, dass sie gekündigt hatte.

Am unteren Ende des Gangs erwischte sie einen Klempner, der den Abfluss reinigen sollte. Als er in der Küche unter der Spüle lag, fragte er, wie lange sie schon im Krankenhaus arbeite.

– Anderthalb Jahre inzwischen, sagte sie. Und spürte bei »inzwischen« einen Stich in der Magengrube.

– Na, dann bist du ja noch ein richtiger Grünschnabel, sagte er.

– Ja, bin ich wohl.

Sie öffnete das Fenster. Draußen roch es nach Gras. Einer der Gärtner lenkte seinen Rasenmäher in einem hübschen Bogen über die Wiese.

– Ich habe gekündigt, sagte sie zu Kim. Sie stand mit Einkaufstüten in den Händen in der Tür. Es war vier Uhr.

Er, auf dem Sofa, setzte sich halb auf.

– Du hast es getan?, fragte er. – Du hast gekündigt?

– Ja.

– Ab wann?

– Nach den Sommerferien. Ich gehe ganz normal in Urlaub, und danach komme ich nicht mehr zurück.

Sie ging in die Küche und leerte den Inhalt der Tüten auf den Tisch. Ihr Haaransatz war nass. Drinnen stand Kim vom Sofa auf. Er kam herein und stellte sich hinter sie.

– Das ist doch gut, sagte er.

– Und *dann*? Ich weiß nicht, was ich sonst machen soll, sagte sie.

– Das kommt schon, sagte er.

Sie umarmten sich. Susanne spürte, wie er über ihre Schulter hinweg zum Küchentisch schaute. Er räusperte sich.

– Du hast Rinderfilet gekauft, sagte er.

– War im Angebot, sagte sie.

– Na, aber das war nicht der Grund, sagte er.

9

An ihrem letzten Arbeitstag hatte sie noch immer niemandem auf der Station erzählt, dass sie aufhörte. Sie hatte vorgehabt, es überhaupt nicht zur Sprache zu bringen. Aber dann waren Magrethe und zwei von den anderen in die Küche gekommen, für eine Zigarette und einen kleinen Plausch nach dem Mittagessen. Sie hielten ihre Zigaretten die ganze Zeit direkt über den Aschenbecher, jederzeit bereit, sie auszudrücken.

– Das ist schön, dass wir hier bei dir eine rauchen dürfen, sagte eine von ihnen.

Dieses »bei dir« war schuld, Susanne sagte es:

– Heute ist mein letzter Tag.

– Nein, wirklich?, sagte Magrethe.

In dem Augenblick kam Petersen in die Küche, an einem Zwieback kauend, und verkündete:

– Man sollte meinen, dass die in Zimmer zwölf einen Krampf im Arm haben.

– Unsere Küchendame hat heute ihren letzten Tag, sagte Magrethe.

– Ich glaube, das wird heute auch mein letzter sein, sagte Petersen. – Die klingeln wie die Verrückten.

Und wirklich klingelte es dort draußen ohne Unterbrechung. Die Zigaretten wurden ausgedrückt und das Fenster weit aufgerissen, die Krankenschwestern stürzten zur Tür hinaus, nach ein paar schnellen »Viel Glück, aber wir sehen uns ja sicher noch, bevor du gehst« und »Alles Gute für dich«. Gerade, als die Tür zugefallen war, ging sie erneut auf, und Petersen streckte ihren Kopf herein.

– Und was bringt dann die Zukunft?, fragte sie.

Sie kaute noch immer an ihrem Zwieback, schnell und effektiv.

– Zuerst fahren wir weg, ins Ausland, sagte Susanne.

– Ah, sagte Petersen. – Eines, das man kennt?

– Da wäre ich mir nicht sicher, sagte Susanne.

Sie ging eine halbe Stunde vor Feierabend nach Hause, während die Krankenschwestern in einer Besprechung saßen und es auf dem Gang draußen ganz ruhig war. Es war streng verboten, die Küche vor der Zeit zu verlassen, aber da sie ja ohnehin aufhörte, konnte wohl nicht wirklich viel passieren.

Zum Glück schien während der nächsten vier Wochen die Sonne. Anfangs saß sie im Garten, sie hörte Radio und löste Kreuzworträtsel. Wenn sie dann aber von der Hitze müde wurde und ins Haus ging, spürte sie Kims Irritation, sie störte ihn bei der Arbeit. Er war es gewohnt, einen Gutteil des Tages für sich zu sein.

Also fing sie an, jeden Vormittag mit dem Rad zum Freibad zu fahren. Sie lag auf einer Decke im Gras und sonnte sich und las. Sie hatte belegte Brote dabei, und manchmal kaufte sie sich ein Eis. Jedes Mal, wenn sie ins Wasser ging, schwamm sie acht Bahnen, und schließlich war sie in richtig guter Form. Sie merkte es beim Radfahren. Wenn sie nach Hause kam, hatte Kim seinen Arbeitstag beendet, und am späten Nachmittag fuhren sie mit dem Auto zum Strand. Sie grillten auf einem Einweggrill und tranken Wein und Wasser aus Pappbechern. Er vergrub ihre Hände im Sand und küsste sie am Hals.

Doch dann schlug Anfang August das Wetter um. Sie wusste nicht, was sie machen sollte, oder wohin mit sich, den ganzen Tag. Sie saß im Wohnzimmer und sah mit Kopfhörern fern und ging auf Zehenspitzen, wenn sie zur Toilette musste. Oder nahm den Bus und ging einkaufen und ließ sich richtig viel Zeit mit allen Regalen und Angeboten. Wenn sie nach Hause kam, ging sie ohne zu grüßen in die Küche. Er war ganz still drüben im Schlafzimmer.

– Warum sagst du nicht Hallo?, fragte er dann von dort drinnen.

– Ich wollte nicht stören.

– Du störst viel mehr, wenn du *nicht* Hallo sagst.

– Oh. Das tut mir leid.

– Spar dir die Entschuldigung, wenn du es nicht so meinst.

Und sie bekam von ihrer Arbeitslosenversicherung eine Sperrfrist von fünf Wochen, aber auch danach wollte sie kein Arbeitslosengeld. Kim konnte das nicht verstehen.

– Ich verstehe nicht, warum du so stolz bist, sagte er. – Du hast doch einen Anspruch auf die Unterstützung.

– Ich will selbst für mich aufkommen.

– Wie denn?

– Ich habe noch ein bisschen Geld auf dem Konto.

– Und was dann, wenn du es aufgebraucht hast?

– Dann suche ich mir einen neuen Job. Ich habe immer Arbeit finden können.

– Du bist so verdammt spießig, dass es fast schon wehtut, sagte Kim. Aber dann sagte er auch nichts mehr.

– Wir können ja nicht alle da oben in den Wolken herumstolzieren, sagte sie.

Er schüttelte den Kopf, ganz langsam, und hielt sich mit beiden Händen sein Buch vors Gesicht.

– Komm wieder, wenn du eine Sprache hast, sagte er.

– Und ich weiß sehr wohl, dass du jetzt nicht liest, sagte sie.

Kurze Zeit später hatte sie schon Arbeit als Putzfrau. Sie radelte an vier Tagen in der Woche zwischen acht Privathaushalten herum und hatte am Freitag frei. Das passte ihr gut. Zumeist war niemand zu Hause, wenn sie kam. Sie konnte ihren eigenen Gedanken nachhängen und Staub saugen und abspülen. In einigen der Wohnungen standen Kekse und Mineralwasser für sie. Das Geld lag in Kuverts oder auf einem Teller in der Küche. Alles in allem verdiente sie fast so viel wie im Krankenhaus, wenn man noch bedachte, dass sie nur vier Tage die Woche arbeitete. Zur Verbesserung ihrer Finanzen trug auch bei, dass sie beinahe 21 000 Kronen im Lotto gewonnen hatte. Sie erzählte niemandem davon, sondern zahlte das Geld auf ihr Sparkonto ein und hob dann und wann einen kleinen Betrag ab.

10

Dieses Jahr, Ende Oktober, traf sie dann zufällig Ester wieder. Es war mitten in der Stadt. Ester kam gerade vom Zahnarzt. Sie selbst hatte sich eben auf eine Bank gesetzt, um ihre Brote zu essen, bevor sie drei weitere Stunden in einer Altbauwohnung in unmittelbarer Nähe putzen würde.

– Verdammt aber auch, das ist doch Susser, sagte Ester mit schiefem Mund. Ein wenig Speichel lief aus ihrem einen Mundwinkel. Sie hatte eine neue Füllung bekommen, und die Spritze wirkte noch immer.

– Was machst du denn hier?

– Ich wollte gerade meine Brote essen, sagte Susanne, und Ester lachte und lachte, den Mund voller Spucke. Sie wirkte jünger, vielleicht weil sie ihre Haare zum Pferdeschwanz gebunden hatte.

Ester war wieder schwanger. Susanne bemerkte es erst, als Ester den großen Trenchcoat aufschlug und ihren Bauch vorzeigte. Der Geburtstermin war Ende Dezember, und alles war, wie es sein sollte. Das Kind trat von morgens bis abends um sich, und Ester hatte nur elf Kilo zugenommen. Sie hatte noch gar kein Wasser im Körper, ihre Hände waren lang und schlank. Die

Nägel hübsch gebogen und in zwei Farben lackiert. Nachdem Ester im Krankenhaus aufgehört hatte, hatte sie einen kleinen Kurs in Nagelstyling gemacht. Sie hatte kurzzeitig bei einer Dame gearbeitet, aber jetzt war sie zu Hause und tapezierte das Kinderzimmer. Luffe hatte so viel zu tun. Er hatte jetzt auch noch einen Wochenendjob als Zeitungsausträger.

Ester sprach und sprach. Susanne aß ihre Brote zu Ende und stand auf. Ester wollte unbedingt mit hoch in die Altbauwohnung, damit sie noch weiterreden könnten, während Susanne arbeitete, aber das konnte Susanne abwenden.

– Das ist einer von den Haushalten, wo sie manchmal schon nach Hause kommen, während ich noch da bin, sagte sie.

– Dann warte ich hier unten auf dich, wenn du fertig bist.

– Ja, aber, das dauert drei Stunden.

– Ich gehe so lange einfach Babysachen einkaufen. Das brauche ich jetzt nach der Tortur.

Ester zeigte in ihren Mund.

– Und dann trinken wir einen Kaffee oder so, sagte sie.

– Ich habe um halb sechs schon was vor, sagte Susanne.

– Na, dann eben nur einen schnellen Kaffee. Ich warte unten an der Tür auf dich.

Die Wohnung war im dritten Stock. Mitten im Putzen ging Susanne mehrere Male zum Fenster und sah hinunter auf die Straße. Sie konnte sich nicht auf die Arbeit konzentrieren. Sie ging die ganze Zeit hinaus und schaute in den Spiegel oder stand einfach da und kaute an einem Nagel. Der Nagel schmeckte nach Scheuerpulver, und sie spuckte ihn aus, nur um ihn wieder vom Fußboden aufzusammeln. Dann öffnete sie das Fenster im Wohnzimmer und warf den Nagel nach draußen und konnte danach das Fenster nicht wieder richtig schließen. Damit verging einige Zeit. Danach konnte sie den Staubsauger nicht finden. Sie sah überall nach, wo sie meinte, sie könne es sich erlauben zu suchen. Schließlich rief sie die Dame, die in der Wohnung wohnte, bei der Arbeit an. Sowohl sie als auch der Mann hatten hohe Posten in einer Versicherungsgesellschaft. Susanne hatte die beiden nie gesehen. Sie hatte den Job auf eine Empfehlung von Freunden des Paares, bei denen sie ebenfalls putzte, hin bekommen.

Der Staubsauger war gerade in Reparatur, und so putzte sie stattdessen Fußbodenleisten und Türrahmen. Als sie um zehn vor vier auf die Straße trat, verschwitzt, aber mit frischem Lippenstift, stand Ester auch schon da und wartete, auf dem Kopf eine neue Ledermütze. Sie hatte einen breiten Schirm.

Susanne trug ihre Arbeitskleidung. Jeans und Turnschuhe. Sie gingen zu einer Konditorei in einer

Arkade. Ester bestellte zwei kleine Törtchen. Susanne wählte einen Tisch ganz hinten und setzte sich mit dem Gesicht zur Wand. Ester kam an den Tisch, das Tablett hob sie über ihren vorstehenden Bauch. Sie redete und redete, während sie alles abstellte.

– Warum sagst du nichts?, fragte sie mitten in einem Satz. – Stimmt was nicht?

– Nein. Ich bin nur nicht richtig angezogen, um hier zu sitzen.

– Scheiß drauf, sagte Ester. – Jetzt gibt es erst mal Kuchen.

Susanne schaute Ester an, während diese sprach. Sie hörte nicht die ganze Zeit zu. Ester lehnte sich abwechselnd über den Tisch nach vorne und im Stuhl zurück. Zwei Mal schwieg sie und hob die Augenbrauen. Sie wartete auf Susannes Antwort. Susanne hatte die Frage nicht gehört und nickte langsam. Ester sprach weiter.

Es war auch schrecklich laut in der Konditorei. Irgendwo brummte eine Maschine. Tassen und Löffel wurden aneinandergeschlagen, Stühle über den Fußboden gezogen.

– Ich habe dich gefragt, was du um halb sechs vorhast, sagte Ester.

– Wir sind bei meinem Bruder zum Essen eingeladen.

– Macht ihr so was oft?

– Nein, nicht wirklich. Oder doch, vielleicht. Wir gehen schon aus.

– Wir gehen nie irgendwohin. Wir sitzen immer nur zu Hause und essen Hackfleischsoße. Ich habe ja jetzt ein bisschen angefangen zu kochen.

– Und, klappt es?

– Das wäre zu viel gesagt. Aber ich mache Fortschritte.

Sie teilten sich die Rechnung. Ester setzte die Mütze auf und ging vor einem kleinen Spiegel bei der Tür kurz in die Knie. Sie gingen ein Stück gemeinsam, bis Ester zu ihrer Bushaltestelle nach rechts abbiegen musste. Bevor sie sich trennten, bat sie Susanne um ihre Telefonnummer, »wir müssen doch jetzt unbedingt in Kontakt bleiben«. Susanne schrieb die Nummer mit Eyeliner auf einen Zettel. Sie winkte Ester zu, als sie auf ihr Rad gestiegen und gerade losgefahren war. Ester winkte mit großen Armbewegungen zurück.

Es windete etwas. Sie trat kräftig in die Pedale. Wenn sie an einer Ampel anhielt, atmete sie tief aus, leerte die Lungen vollständig. Das klang wie eine Form von Erleichterung, und sie legte den Kopf in den Nacken.

Schon am Tag darauf rief Ester an. Sie wollte Susanne am selben Abend in den Zirkus einladen. Luffe war zu müde, um noch irgendwo hinzugehen, dabei hatte er selbst die Karten besorgt.

Susanne schlug aus. Ester akzeptierte die Antwort ohne Weiteres. Danach war es viel leichter, miteinander zu reden. Susanne fragte nach der Zahnfüllung und der Schwangerschaft. Ester erzählte von einer Reihe von Problemen mit ihrer Mutter, und sie tauschten Erfahrungen aus. Sie telefonierten über eine Stunde.

In den folgenden zwei Wochen rief Ester häufig an. Einmal wollte sie hören, ob Susanne und Kim an einem Abonnement für ein Monatsmagazin interessiert seien. Sie könnten es mit Rabatt beziehen, und dann würde Ester als Dankeschön ein Geschenk bekommen. Das Geschenk war ein elektronisches Wörterbuch. Susanne wusste sofort, dass sie nicht interessiert waren. Dennoch legte sie den Hörer beiseite und ging zu Kim ins Schlafzimmer.

– Natürlich wollen wir das nicht, sagte er.

Ester reagierte auf die Antwort in keiner Weise gekränkt.

– Ich wollte es euch nur anbieten, sagte sie.

Danach sprachen sie fast anderthalb Stunden über Esters Ärger mit Luffes kleiner Schwester. Da war auch eine Pause im Gespräch, weil Ester auf die Toilette musste, »man ist die ganze Zeit am Rennen«, und Ester kam schnaufend zum Telefon zurück und sagte, sie sehe Luffe gerade unten aus dem Auto steigen, sie sollten jetzt also besser aufhören.

Das taten sie. Susanne legte den Hörer auf und ging zu Kim in die Küche.

– Du hast ja nicht gerade viel gesagt, sagte er.

– Sie langweilt sich. Sie braucht jemanden zum Reden.

– Sieht ganz so aus.

– Sie war es, die mich angerufen hat. Es kann dir also egal sein.

– Man kann doch keinen Mann haben, der Luffe heißt, sagte Kim.

– Willst du sie dafür verurteilen? Sie kann ja wohl nichts dafür, dass er so heißt.

Ein paar Tage später war es dann Susanne, die Ester anrief. Es war ein Sonntagnachmittag. Aber da war niemand zu Hause, und so hinterließ Susanne eine Nachricht auf dem Anrufbeantworter. Dass sie angerufen habe, aber nichts Bestimmtes wollte. Dass sie ein andermal wieder anrufen würde.

Sie stellte sich vor, dass Ester im Laufe des Tages zurückrufen würde. Doch das tat sie nicht. Sie rief auch am Montag nicht an, oder am Dienstag oder Mittwoch oder Donnerstag. Womöglich hatte Luffe den Anrufbeantworter abgehört und vergessen, die Nachricht weiterzugeben. Aber sie konnten auch für ein paar Tage verreist sein. Oder vielleicht funktionierte der Anrufbeantworter nicht. Vielleicht wartete Ester auch schlicht und einfach darauf, dass Susanne wirklich zurückrief. Wobei sie nicht wusste, ob sie das tun würde.

Doch dann rief Ester am Freitagmorgen an. Aber nur ganz kurz, sie musste gleich zur Hebamme. Ob sie sich am Samstag treffen könnten, so gegen Mittag? Zum Beispiel in der Cafeteria im Einkaufszentrum, wenn das okay wäre. Um zwölf. Ester sprach schnell und ohne zu lachen.

Susanne hatte gerade geschlafen, als das Telefon klingelte. Sie war ganz verwirrt. Ihr fiel nichts anderes ein, als »okay« zu sagen. Sie stand mit dem Hörer in der Hand am Fenster. Sie hörte, wie Kim in die Küche ging und das Wasser aufdrehte. Sie dachte, dass sie, falls es aus irgendeinem Grund doch nicht okay wäre, ja jederzeit noch einmal anrufen könnte.

– Na, dann bis morgen, sagte Ester.

– Es geht dir aber gut, oder?, fragte Susanne.

– Dem Kind geht's gut. Der Rest ist ein Riesenscheiß.

– Was ist denn passiert?

– Das erzähle ich morgen. Ich wollte nur das Treffen ausmachen.

– Okay. Naja, das passt.

– Bis morgen.

Es war Mitte November, und es hatte die ganze Woche geregnet. Es regnete und regnete. Sie hatte mit dem Bus zu den verschiedenen Wohnungen fahren müssen, in denen sie putzte. Das hatte verflucht lange gedauert. Sie musste doppelt so schnell arbeiten wie sonst, der Schweiß war ihr nur so heruntergelaufen. Die ganze Woche hindurch war sie jeden Abend schon vor neun Uhr müde gewesen. Sie war auf dem Sofa eingeschlafen, und Kim hatte sie mehrmals rufen müssen, bevor sie sich aufraffen konnte, aufzustehen und ins Bett zu gehen. Wenn sie dann endlich neben ihm im Bett lag, war sie hellwach. Sie lag da und hörte, wie er einschlief. Seinen Atem, der kam und ging. Sie stieß ihn an, und er drehte sich auf die Seite und schlief weiter. Sie sah ein Stück schwarzen Himmel, zwischen den zwei Bäumen draußen im Hof, eine Buche und ein Vogelbeerbaum, eine seltsame Kombination. Wenn ein Windstoß kam, konnte sie deutlich den Regen am Fenster hören. Sie dachte daran, wie der Regen ein paar hundert Meter weiter auf den See prasselte. Wenn sie nur lange genug daran dachte, und daran, dass sie selbst im Trockenen lag, würde ihr Körper schließlich ganz schwer werden, und sie würde einschlafen.

11

Sie hatte für den Samstag verschiedene vage Pläne gehabt. Fernsehen und zwischendurch auf dem Sofa einnicken zum Beispiel. Vielleicht Kim zu einem Spaziergang im Regenwetter überreden. Sie hatte ihre Eltern anrufen wollen, und Torben und Jane und vielleicht auch Kims Mutter, wenn sie es schaffte.

Das ginge wohl immer noch, wenn sie irgendwann am Nachmittag heimkam. Und vielleicht war es auch sehr gut, dass sie aus dem Haus musste. Kim wollte nämlich arbeiten. Er hatte den Großteil der Woche mit praktischen Dingen in der Stadt zugebracht. Er hatte einen Termin beim Finanzamt gehabt, und er hatte sich einen Warze entfernen lassen. Außerdem hatte er eine Menge Gerümpel zu einem Container gebracht.

Jeden Abend hatte er beim Essen über seine Pläne für den nächsten Tag gesprochen. Er hatte gute Laune gehabt, er war mitten in einer Phase mit vielen Ideen. Susanne hatte den Verdacht, dass sich die Ideen gerade deshalb einstellten, weil er so viel anderes zu erledigen hatte. Doch sie sagte nichts. Ein einziges Mal hatte sie vor vielen Monaten in der besten Absicht vorgeschlagen, er solle sich eine Arbeit suchen. Ein Pflegeheim in der Nähe hatte eine Teilzeitstelle zu vergeben gehabt. Er hatte geglaubt, sie mache nur Spaß, und lange gelacht. Auch sie hatte gelacht. Beide hatten sie gelacht und gelacht. Das war an Ostern gewesen. An der Lampe über dem Esstisch hatte ein gelbes Küken gehangen, es schaukelte hin und her. Sie wusste nicht, was das für ein Küken war, oder wo es sich jetzt wohl befand.

Sie spannte beim Aussteigen den Regenschirm auf und ging, mit der anderen Hand ihre Tasche gut festhaltend, den Bahnsteig hinunter. Ihr taten schon jetzt die Füße weh. Die schwarzen Lederstiefel waren zu hoch und vorne zu eng. Es war zehn vor zwölf. Sie blieb stehen und studierte die Abfahrtszeiten der S-Bahn. Sie sagte sich leise die Zeiten vor, »sechzehn, sechsunddreißig, sechsundfünfzig«, während sie zum Einkaufszentrum hinüberging.

Ester war schon da.

Sie saß an einem kleinen Tisch ganz vorne.

Sie hatte eine grüne Fleecejacke an, und ihre Haare hingen einfach herunter. Sie sahen dunkler aus. Vor ihr stand eine Cola, das Glas war noch ganz voll. Als sie Susanne sah, riss sie die Augen auf, ohne zu lächeln.

– Hallo. Gut, dass du da bist, sagte sie.

– Aber klar.

Susanne setzte sich.

– Nein, ich glaube, ich hole mir erst eine Tasse Kaffee, sagte sie und stand wieder auf.

Sie musste eine Weile anstehen. Vor ihr wartete ein Pärchen auf seine Spinatquiche, die Mikrowelle machte Probleme. Sie konnte Esters Rücken sehen, wenn sie sich umdrehte. Ester bewegte sich nicht. Sie ging mit dem Kaffee zu ihr, stellte fest, dass die Milch fehlte, holte die Milchkanne, goß etwas Milch in die Tasse und stellte die Kanne zurück an ihren Platz. Sie setzte sich.

– Willst du nichts essen?, fragte Ester.

– Nein. Ich habe keinen Hunger.

Dann sagte keine von ihnen etwas. Susanne nahm einen Schluck von ihrem Kaffee, und noch einen. Ester starrte auf die Tischplatte.

– Was ist passiert?, fragte Susanne.

Ester schüttelte den Kopf. Nur ihr Kopf bewegte sich, sonst nichts.

– Du kannst es dir wohl denken.

– Nein, kann ich nicht.

– Luffe ist ein Idiot.

– Ja, sagte Susanne, und hinterher:

– Hm.

Ester reagierte nicht, sprach nur langsam weiter:

– Er hatte eine andere.

– Eine, die man kennt?

– Eine aus der Zentralküche.

– Oh, nein. Lange?

– Ich weiß nicht. Jetzt ist es vorbei.

– Aber das ist doch gut.

– Nein. Es war nämlich sie, die nicht mehr wollte, als ich schwanger wurde. Er ist noch immer sehr verliebt in sie.

– Sagt er das?

– Ja.

Dann saß Ester wieder da und starrte auf den Tisch, ohne etwas zu sagen. Susanne trank von ihrem Kaffee. Von irgendwoher kam ein tiefes Brummen, vielleicht hatte das mit der Belüftung im Einkaufszentrum zu tun.

– Hm, das ist ja ein schönes Durcheinander, sagte Susanne.

– Verdammte Scheiße, ich verstehe einfach nicht, was da in seinem Kopf vorgeht, sagte Ester.

– Nee.

– Und jetzt will ich ihn nicht mal mehr mit der Kneifzange anfassen.

– Schon klar.

– Aber das Schlimmste ist das hier.

Sie klopfte sich auf den Bauch. Susanne nickte.

– Jetzt muss ich das allein hinbekommen, sagte Ester.

– Ja, aber, er ist doch der Vater, sagte Susanne.

Ester hob ihr Gesicht und sah sie an. Ihr Mund war ein schmaler Strich. Sie riss wieder die Augen auf, noch immer ohne zu lächeln.

– Nein, ich will ihn verdammt noch mal nie wieder sehen, sagte sie.

Ihr Gesicht sank wieder.

– Was willst du dann tun?, fragte Susanne.

– Genau das muss ich jetzt herausfinden.

– So was.

Das tiefe Brummen wurde von einem Ding-Dong übertönt. Susanne drehte sich um. Es war die Aufzugtür, die sich gerade öffnete. Eine Frau mit hohen Haaren kam heraus. Sie steuerte direkt die Theke an und lehnte sich darüber. Der Mann auf der anderen Seite ließ ein lautes Lachen hören, und auch die Frau lachte.

Ester stand auf und ging zur Toilette. Susanne trank ihren restlichen Kaffee. Die Frau mit den hohen Haaren ging hinter die Theke und verschwand durch eine Tür. Kurz darauf kam sie mit Schürze zurück. Sie klopfte Kaffee aus einem Filter. Sie streckte sich nach Orangen, die oben auf einem Schrank lagen. Ester kam zurück und blieb neben dem Tisch stehen.

– Wo hast du denn deine Stiefel gekauft?, fragte sie.

– In der Stadt. In einem kleinen Laden.

– Sie sind schön.

– Ist schon eine Weile her, dass ich sie gekauft habe.

– Kannst du mir nicht vielleicht einen Gefallen tun? Geh bitte mit mir zum Schuhekaufen. Ich bin so schlecht mit Schuhen.

– Klar. Jetzt gleich?

– Ja, gerne. Ich muss jetzt an was anderes denken.

– Sollen sie flach sein, oder lieber hoch?

– Einfach nur schön, sagte Ester. Die grüne Fleecejacke stand ihr nicht. Der Reißverschluss war offen, und darunter trug sie etwas Rötliches.

Sie gingen durch das Einkaufszentrum. Jetzt, da sie sich bewegten, lief auch das Gespräch besser. Susanne sagte, dass Ester an das Kind denken müsse. Ester gab ihr Recht. Vor dem Süßwarenladen blieb Ester stehen und begann zu weinen. Susanne legte ihr einen Arm auf die Schulter und hatte selbst Tränen in den Augen. Die junge Frau im Laden schaute sie an, während sie ein Softeis in Streusel tunkte. Ester roch ein wenig muffelig.

– Jetzt wäre ich fast reingegangen und hätte ihm ein Marzipanbrot gekauft, heulte sie.

– Vielleicht solltest du das tun.

– Nein. Ich vergesse nur die ganze Zeit, was passiert ist. Es wird nie wieder gut werden, nie.

– Das wird schon wieder.

– Meinst du?

– Klar.

– Auf jeden Fall soll er seine Strafe bekommen.

– Ester, entspann dich.

Sie gingen langsam weiter. Ester erzählte, dass sie Luffe rausgeworfen habe, am Donnerstagabend. Sie habe ihn gezwungen, seinen Wohnungsschlüssel abzugeben. Es habe sich sehr richtig angefühlt, das einzig Richtige. Er war noch lange im Treppenhaus stehengeblieben, und er hatte auch ein paarmal an die Tür geklopft. Sie hatte nicht reagiert. Sie hatte auf dem Sofa gelegen und versucht, mit dem Weinen aufzuhören. Schließlich hatte sie gehört, wie er ging. Sie war aber nicht aufgestanden und hatte ihm nachgesehen. Sie war die ganze Nacht liegen geblieben, ohne zu schlafen. Sie hatte viele Übungswehen gehabt, aber gegen Morgen hatte das zum Glück aufgehört. Zufällig hatte sie an diesem Tag einen Termin bei der Hebamme, und noch immer war alles, wie es sein sollte.

Als sie in die Wohnung zurückkam, hatte Luffe sechs Nachrichten auf dem Anrufbeantworter hinterlassen. Er war bei seiner Schwester. Sicher hatte er der Schwester auch alles erzählt. Das war zu viel für Ester. Sie hatte nicht zurückgerufen. Sie hatte den Telefonstecker und alles aus der Wand gerissen. Noch nie zuvor war es so schrecklich gewesen zu weinen, und sie hatte stundenlang geweint. Es tat weh, in dem ganzen verdammten riesigen Körper. Sie konnte nicht essen, gar nichts. Sie musste sich zwingen, zumindest ein Käsebrot zu essen. Sie wusste nicht, was sie mit sich anfangen sollte, wusste nicht, wohin mit sich. Sie hatte in ihrem Bett gesessen, unter der Decke und mit dem Rücken zur Wand. Sie hatte mit niemandem gesprochen, bis jetzt.

– Du hättest doch einfach anrufen können, sagte Susanne.

– Danke.

– Mit deiner Mutter hast du auch nicht gesprochen?

– Willst du mich verarschen?, fragte Ester.

Esters Mutter war alt und krank. Susanne wusste nicht, ob es körperlich war oder psychisch. Sie wohnte in irgendeiner Sozialsiedlung, wo man auf allen Stockwerken Schimmel gefunden hatte. Ester hatte einmal davon erzählt. Jetzt fühlte sich die Mutter die ganze Zeit elend, aber umziehen wollte sie nicht. Das würde sie umbringen, sagte sie.

– Die hat nun wirklich schon genug Probleme, sagte Ester. – Scheiße, und dann mag sie Luffe auch so gern.

Bei »so gern« begann Ester wieder zu weinen, und jetzt schlang sie ihre Arme um Susanne. Wegen ihres Bauchs wurde es eine etwas schräge Umarmung. Sie zitterte. Sie waren direkt vor dem Schuhgeschäft im ersten Stock stehengeblieben, und hinter Esters Rücken sah Susanne ihre Stiefel im Schaufenster. Sie tätschelte Esters Arm und wollte sie ein wenig weiterziehen.

– Das wird schon, sagte sie.

– Ja, sagte Ester und suchte in ihrer Tasche nach einem Taschentuch. Sie schnäuzte und drehte sich um und schnäuzte noch einmal.

– Schau mal, da sind ja deine Stiefel, sagte sie.

– Wo?, sagte Susanne.

Ester bekam die Stiefel billiger, weil das Leder ein wenig ausgebleicht war. In Wirklichkeit war das hübsch. Sie zog sie sofort an und steckte ihre alten Schuhe in eine Tüte. Als sie aus dem Geschäft traten, hakte sie sich bei Susanne unter. Sie gingen Arm in Arm zu dem Platz in der Mitte des Einkaufszentrums.

– Und, kannst du gut drin gehen?, fragte Susanne.

– Ja, sehr gut.

– Sind sie dir vorne nicht zu eng?

– Nee. Sie sind ja recht groß.

Susanne nickte.

Auf dem Platz sollte eine Tanzgruppe auftreten. Sie waren gerade dabei, um die Bühne herum alles aufzutakeln. Ester setzte sich auf eine Bank und legte die Tüte mit den Schuhen auf ihren Schoß.

– Ich muss für eine Weile ausziehen, sagte sie.

– Warum das denn?

– Ich muss Luffe zeigen, dass es mir ernst ist. Und ich halte es in der Wohnung nicht aus. Alles riecht nach ihm.

Susanne rutschte ein Stückchen auf der Bank.

– Ist das nicht irgendwie dumm, jetzt mit so was anzufangen?, fragte sie.

– Nein. Er glaubt, ich habe in zwei Tagen alles vergeben und vergessen, aber da hat er sich getäuscht.

– Aber du hast ihn doch rausgeworfen.

– Das ist egal.

Eine der Tänzerinnen, ein junges Mädchen, sprang mit drei langen Sätzen über die Bühne und hinunter auf den Boden und schätzte den Abstand ab. Sie drehte sich um sich selbst.

– Ich habe schon gepackt, und den Schlüssel habe ich zu seiner Schwester geschickt, sagte Ester.

– Wirklich, hast du?, sagte Susanne.

– Er soll in seinem eigenen Fett schmoren, bis er verrottet, sagte Ester.

Susanne wippte mit ihren Stiefeln, auf und ab, ganz langsam.

– Und wo willst du dann hin?, fragte sie.

– Susanne. Ich habe gedacht, also eigentlich habe ich gehofft, dass ich eine Weile bei euch auf dem Sofa schlafen könnte, sagte Ester und wandte sich ihr auf der Bank zu.

– Hmja, sagte Susanne.

– Nur für ein paar Tage. Ich weiß nicht, was ich sonst tun soll.

– Hmja.

– Das ist lieb von dir.

Jetzt lächelte Ester. Sie sah wirklich erleichtert aus.

– Aber wenn ich ganz ehrlich sein soll, sagte Susanne. – Dann verstehe ich nicht, dass du es dir unbedingt so schwer machen musst. Es wäre doch viel einfacher für dich, in der Wohnung zu bleiben.

– Er muss kapieren, dass ich auch allein klarkomme, sagte Ester.

– Und das zeigst du ihm, indem du ausziehst?

– Ja. Das ist der einzige Weg, anders versteht er es nicht.

– Bist du sicher?

– Ja.

– Okay.

– Und wie gesagt, gepackt habe ich schon. Ich habe eine große und eine kleine Tasche. Sie stehen da drüben.

Sie wies mit einem Nicken auf die Garderobenschränke.

– Ja, aber, du hast die Taschen gleich mitgenommen?, sagte Susanne.

– Ja, ich bin mit dem Taxi gekommen. Der Fahrer hat mir geholfen.

Da ertönte laute Musik. Und es geschah auch etwas mit der Bühnenbeleuchtung. Sie konnten einander kaum noch hören.

– Naja, dann gehe ich mal schnell Kim anrufen, rief Susanne.

Ester nickte.

Der Telefonhörer war warm. Jemand hatte ihn gerade erst losgelassen. Susanne wechselte die Hand und steckte den freien Zeigefinger in ihr Ohr. Hinter ihr tönte und dröhnte die Musik.

– Es ist, weil, Ester kann im Augenblick einfach nicht zu Hause wohnen. Ihr Mann ist ihr untreu gewesen. Und jetzt fragt sie, ob sie nicht für ein paar Nächte auf unserem Sofa schlafen kann, sagte sie.

– Das ist nicht dein Ernst, sagte Kim von weit weg.

– Doch. Aber da ist nichts zu machen. Ich kann jetzt nicht Nein sagen.

– Kennt sie denn niemand, der mehr als zwei Zimmer hat?

– Offenbar nicht. Ich werde schon dafür sorgen, dass sie dich nicht stört.

Sie konnte nicht hören, was er sagte.

– Ich weiß nicht, wann wir nach Hause kommen, sagte sie. – Wohl eher gleich.

Ester bot an, ein Taxi zu zahlen, aber Susanne lehnte ab. Sie wollte nicht so schnell zu Hause ankommen. Kim brauchte die zusätzliche Zeit, um sich auf die Situation einzustellen. Susanne trug die Taschen aus dem Einkaufszentrum und durch den Regen zum Bahnsteig. Die große Tasche hing an ihrem Rücken, sie fühlte sich wie eine aufrechtgehende Schildkröte. Ihre Füße taten weh. Ester ging jetzt recht schnell.

Da stand bereits eine Bahn und wartete. Sie erhöhten das Tempo und konnten gerade noch hineinspringen, bevor die Tür zuging. Susanne rutschte beinahe auf dem Absatz aus. Ester lachte kurz auf.

Im ganzen Wagen gab es keine freien Plätze mehr. Ein Mann winkte Ester zu und stand für sie auf. Sie ging hinein und setzte sich, während Susanne im Mittelgang stehen blieb. Ihre Haare waren tropfnass. Sie hatte noch immer die Tasche am Rücken hängen, und sie schaffte es nicht, sie abzunehmen.

12

Kim saß am Schreibtisch und arbeitete. Er stand auf, als sie die Wohnung betraten, Ester ging voran. Susanne konnte mit der Tasche auf dem Rücken kaum durch die Tür kommen. Kim lächelte und streckte Ester die Hand entgegen.

– Das ist Ester. Und Kim, sagte Susanne von hinten. Sie war außer Atem, und ihre Haare tropften.

Sie blieb stehen, während Ester ihren Mantel auszog und ihn an die Garderobe hängte. Sie sah, dass Kim erst auf Esters Bauch schaute und dann zu Boden, und wie er nickte, weil er nicht wusste, was er sagen sollte.

– Ester ist im achten Monat. Sie hat an Silvester Termin, sagte Susanne, und Kim nickte wieder, noch immer ohne etwas zu sagen.

– Das heißt, dass sie dann entbinden wird. Hast du gerade gearbeitet?

– Ja.

– Du kannst auch einfach wieder rübergehen. Wir kochen erst einmal Tee.

– Ja, aber, das kann ich doch machen.

– Erst darfst du mir mit dem verdammten Ding hier helfen.

Susanne drehte sich um, und Kim nahm ihr die große Tasche vom Rücken. Er stellte sie ins Wohnzimmer.

– Die Tasche ist ja fast groß genug, um darin zu schlafen, sagte er, und sie lachten alle drei.

Ester ging mit in die Küche. Sie stellte sich an die Glastür und schaute hinaus, während Susanne den Wasserkocher befüllte.

– Wie schön, mit so einer Terrassentür in der Küche, sagte sie.

– Ja, das ist eines vom Guten an der Wohnung hier.

– Es ist fast wie in einem Haus.

– Ja.

– Unsere Wohnung ist ja im dritten Stock oben.

– Das muss anstrengend sein für dich, mit all den Treppen.

– Ja, es ist verdammt anstrengend. Oder war.

Ihre Stimme versagte. Susanne drehte sich zu ihr um und wollte ihr eine Hand auf den Arm legen. Ester schüttelte den Kopf.

– Nein, dann wird es nur noch schlimmer, heulte sie und lächelte dabei.

Susanne blieb vor ihr stehen. Ester schniefte. Es war sehr still drinnen im Schlafzimmer. Susanne drehte sich um und nahm die Teetassen vom Regal. Auf dem Weg ins Wohnzimmer schaute sie durch die halboffene Tür zu Kim hinein. Er saß am Schreibtisch und schaute zu ihr hinaus. Sie ging weiter und stellte die Tassen auf den Tisch, zündete die Kerze auf der Fensterbank an. Auf dem Rückweg warf er ihr einen fragenden Blick zu. Sie schüttelte den Kopf.

Ester hatte sich inzwischen an den kleinen Esstisch in der Küche gesetzt. Sie schnäuzte. Susanne goss das Wasser in die Teekanne und suchte in den Schränken nach etwas Süßem zum Tee. Da war nur eine Packung Butterkekse. Sie legte sie in einer ordentlichen Reihe auf einen Teller.

– Aber jetzt bin ich die verdammten Treppen ja erst mal los, sagte Ester.

– Ja, genau, sagte Susanne. Und hinterher:

– Komm, wir gehen rüber und trinken Tee.

– Können wir nicht hier sitzen? Ich sitze immer am liebsten in der Küche, sagte Ester.

Susanne blieb kurz stehen, nickte. Bevor sie sich setzte, holte sie die Teetassen und machte, ohne Kim anzusehen, die Tür zum Schlafzimmer ganz zu. Sie setzte sich, und sie sprach mit gedämpfter Stimme. Zum Glück färbte das auch auf Ester ab.

Wie sie da saßen, dachte sie darüber nach, ob ein einziges Huhn wohl auch für drei reichen würde. Ester wischte sich mit ihrem Ärmel über die Augen. Susanne reichte ihr die Küchenrolle. Sie dachte daran, dass die Toilette womöglich unappetitlich war, und dass sie darauf achten musste, vor Ester hineinzugehen. Aber dann kam ihr Kim zuvor, und er blieb lange dort drinnen. Danach schaute er zu ihnen in die Küche, und sie lächelten, und Ester hob die Hand mit der Küchenrolle in die Höhe und schniefte.

– Ja, das ist eine unschöne Sache, sagte Kim.

– Ja, sagte Ester.

Er ging zurück zu seinem Schreibtisch, und dann ging Susanne auf die Toilette und machte sie ein wenig sauber. Danach kochte sie neuen Tee, und Ester kaute Kaugummi und wollte keine Kekse. Sie betrachtete im Taschenspiegel ihre Augen und begann wieder zu weinen. Sie sprach von Luffes Schwester. Susanne dachte daran, dass sie nur zwei Bettdecken hatten, aber dass man vielleicht ein paar Wolldecken in einen Bettbezug stecken könnte, und dass das wohl gehen würde.

– Ich glaube, sie ist durch und durch falsch, sagte Ester.

– Hmja, aber wissen kannst du es nicht wirklich, sagte Susanne.

– Wissen und wissen. So was spürt man doch.

– Das ist klar.

– Ich dachte immer, Luffe hätte all die guten Charakterzüge abbekommen, sagte Ester und weinte weiter.

Dieses Huhn war mehr als ausreichend. Sie stocherten alle drei nur in ihrem Essen herum. Es schmeckte auch nicht sonderlich. Sie hatte sich nicht aufs Kochen konzentrieren können, hatte keine Gewürze verwendet, nicht einmal Salz, während Ester neben dem Ofen saß und weinte. Es war einfach ein schlechtes Huhn. Es war eingefroren gewesen, und es war ganz trocken. Sie schimpfte mit sich selbst, als sie beim Essen saßen:

– So ein elendiges Huhn, ich kann das einfach nicht.

– Mach dir nichts draus. Ich kann das auch nicht, sagte Ester.

– Es schmeckt ausgezeichnet, sagte Kim.

– Nein, tut es nicht. Nicht wahr, Ester?

– Nein, verdammt, es schmeckt wirklich nicht so gut, sagte Ester.

– Da hörst du es, sagte Susanne.

– Können wir jetzt nicht einfach essen?, sagte Kim.

Sie stocherten weiter. Es kam selten vor, dass Kim und Susanne im Wohnzimmer aßen. Das Licht über dem Esstisch war ungemütlich, und die Stühle waren zu niedrig. Man saß ein wenig verkehrt. Susanne hatte einmal vorgeschlagen, die Tischbeine ein Stück abzusägen. Doch Kim war dagegen. Er hatte auch kein so großes Problem damit.

– Entschuldigung, dass der Tisch zu hoch ist, sagte Susanne, aber es kam keine Reaktion.

Nach dem Essen bestand Kim darauf, die Küche aufzuräumen. Susanne machte Musik an, und Ester kramte in der großen Tasche. Sie schnaufte dabei.

– Wonach suchst du denn?, fragte Susanne.

– Ich glaube, ich habe meinen Föhn vergessen.

– Brauchst du den jetzt?

– Nein, aber morgen. Das muss sein.

– Du kannst meinen benutzen. Willst du dich nicht ein bisschen aufs Sofa legen?

– Ja, doch. Vielleicht sollte ich das tun.

Sie setzte sich auf die Sofakante und machte mit einem angestrengten Laut die Reißverschlüsse ihrer Stiefel auf. Susanne hatte ihre schon längst ausgezogen. Als Kim sich gerade daranmachte, mit dem Spüllappen den Tisch abzuwischen, kam ein dröhnender Laut von Ester. Sie ließ sich tief ins Sofa sinken.

– Entschuldigung, sagte sie. – Das war mein Abendfurz.

Susanne lachte. Von Kim kam ein lachender Laut. Ester lachte nicht.

Kim wischte den Tisch ab und hob den Kopf in Susannes Richtung:

– Du hast Musik angemacht.

– Ja.

– Warum das denn?

– Es ist doch wohl ganz normal, Musik zu hören.

Ester betrachtete sie. Kim wischte und wischte,

und Susanne stellte den Aschenbecher und die Blumen zurück auf den Tisch.

– Wie wäre es mit einem Kaffee?, fragte Kim.

– Ester trinkt keinen Kaffee, sagte Susanne.

– Ester kann wohl selbst antworten.

– Ha, ha, sagte Ester.

Kim blieb mit ihnen im Wohnzimmer. Sie sahen fern, eine Quizsendung. Es kam selten vor, dass Kim Quizsendungen sah, und noch seltener, dass er in dem weißen Sessel saß. Susanne streckte ihren Fuß aus und berührte ihn. Sie lächelte, als er sie ansah. Sie hatte Lust, aufzustehen und ihn zu umarmen, ließ es aber sein. Ester lag mit einem Stück Küchenrolle in der Hand da.

– Schaut euch den an, der ist gleich dumm und hässlich, sagte Ester über einen der Quizteilnehmer.

– Der in Grün?, fragte Kim.

– Ja.

– Ja, er ist nicht sonderlich schlau.

– Nein, er hat überhaupt kein Kinn, sagte Susanne und berührte wieder mit ihrem Fuß Kims Fuß.

Sie stand auf und ging in die Küche. Sie stellte sich an die Glastür und hoffte, Kim würde ihr gleich nachkommen. Der Himmel war schwarz. Vielleicht hatte es aufgehört zu regnen. Sie öffnete die Tür und fühlte, und es tröpfelte nur ganz leicht. Sie streckte den ganzen Oberkörper nach draußen und bekam den Wind ins Gesicht. Es war wie ein Glas kaltes Wasser trinken. Sie schloss die Tür wieder und ging zurück ins Wohnzimmer. Sie hatten umgeschaltet. Jetzt begann gerade ein Film, und den schauten sie an.

Susanne suchte ein frisches Handtuch heraus und stopfte zwei Wolldecken in einen Bettbezug. Ester lag noch immer in all ihren Klamotten auf dem Sofa. Sie war ganz blass, und ihre Haare waren zerzaust.

– Ich bin völlig erschöpft, sagte sie.

– Bleib einfach liegen. Ich hoffe, du kannst auf *dem* Sofa schlafen.

– Ich könnte jetzt überall schlafen.

– Ich ziehe nur schnell ein Laken auf.

– Das braucht es doch nicht. Nein, danke.

– Doch, du brauchst doch ein Bettlaken.

Susanne versuchte, das Laken unter die liegende Ester zu schieben. Es war nicht zu machen.

– Naja, aber ich lasse es hier liegen, sagte Susanne. – Dann kannst es später selbst aufziehen.

– Gut.

– Ja, auf den Polstern kann man nämlich ganz schön schwitzen.

– Ja, ja.

Ester gähnte wieder. Kim kam aus dem Badezimmer und blieb in der Tür stehen.

– Na dann, gute Nacht, Ester, sagte er.

Als Susanne wenig später zu ihm ins Schlafzimmer kam, beeilte sie sich, ins Bett und unter die Decke zu schlüpfen. Sie wärmte sich an ihm. Ihre Zähne klapperten. Er roch nach Zahnpasta.

– Nicht heute Abend, sagte er.

– Nein, natürlich nicht.

Sie legte ihr Gesicht ganz dicht an seines.

– Danke für deine Hilfe, sagte sie.

– Womit denn?

– Ja, was glaubst du wohl?

– Schon okay.

– Tut mir leid, dass ich sie so kurzfristig auf unserem Sofa schlafen lasse.

– Lass gut sein.

– Ich hoffe nur, dass sie nicht auch am Morgen so verdammt furzt.

– Na, du und deine verdammte Hoffnung, sagte Kim.

In der Nacht gab es im Wohnzimmer einen ordentlichen Lärm. Sie stürzten aus dem Bett und sahen Ester im Nachthemd mitten im Raum stehen, das Licht an und die Hände hoch in der Luft. Hinter ihr lag ein umgekippter Esstischstuhl.

– Das war keine Absicht. Ich bin zu schnell aufgestanden.

– Macht doch nichts.

Susanne ging zu ihr und stellte den Stuhl wieder auf.

– Kannst du nicht schlafen?, fragte sie.

– Doch, schon, ich bekomme nur so Krämpfe in den Beinen.

– Können wir irgendwas für dich tun?, fragte Kim.

– Nein, geht einfach wieder ins Bett. Oder doch, vielleicht habt ihr ja ein Stückchen Weißbrot für mich?

– Mit Butter?, fragte Susanne.

– Ja. Nein, einfach ohne irgendwas. Und ein Glas Milch.

Kim trank auch ein Glas Milch in der Küche, und danach wurde es wieder ganz still.

Am Sonntag schliefen sie alle drei lange. Ester schlief am längsten. Kim und Susanne saßen in der Küche und lasen die Zeitung von vorne bis hinten, alle Teile im Wechsel. Draußen war es noch immer trocken, aber jetzt ging ein starker Wind. Kleine Zweige und Pappstückchen wirbelten im Hof herum und gegen die Glastür.

Ester stand um Viertel nach zwölf auf. Sie kam in die Küche und ließ sich am Tisch nieder. Kim war in einen langen Artikel vertieft. Susanne schnitt Brot und servierte es mit Käse und Marmelade. Ester aß. Sie sagten nicht viel. Kim faltete die Zeitung zusammen und stand auf und ging ins Schlafzimmer. Susanne spülte ab. Kim kam zurück, angezogen, und sagte, er wolle eine Zeitung kaufen gehen.

– Noch eine?, fragte Susanne.

– Ja, sagte Kim.

Er setzte seine Mütze auf und warf die Tür zu.

– Macht einfach das, was ihr sonst auch macht, sagte Ester.

– Ja, aber, das machen wir schon, sagte Susanne und guckte in den Kühlschrank, um zu sehen, was man zum Mittagessen auf die Beine stellen könnte.

Ester ging duschen. Sie stand sehr lange unter der Dusche. Susanne hörte das Wasser laufen, wie es gegen die Wand prasselte und prasselte. Als Kim mit einer Zeitung und einem Liter Milch zurückkam, duschte Ester noch immer.

– Ist sie im Bad?, fragte Kim.

– Ja, sie ist gerade rein.

Kim legte sich mit der Zeitung ins Bett. Er schloss die Tür. Susanne ging ins Wohnzimmer und zog die Jalousien hoch, bis ihr einfiel, dass Ester sich wohl gleich dort drinnen anziehen würde. Sie ließ die Jalousien wieder herunter und ging in die Küche. Sie fand in der ersten Zeitung ein Kreuzworträtsel und machte sich daran, es zu lösen.

Ester kam aus dem Badezimmer, das Handtuch um sich geschlungen. Es reichte nur knapp um den Bauch herum. Sie ging ins Wohnzimmer und schloss die Tür. Aus dem Badezimmer dampfte es nur so. Susanne ging nachsehen, wie schlimm es stand.

Es stand schlimm. Überall auf dem Boden war Wasser. Es tropfte vom Spiegel. Die Klopapierrolle war durchgeweicht. Einen Augenblick dachte sie daran, ins Wohnzimmer zu gehen und Ester zu sagen, sie könne gleich ihr Handtuch nehmen und alles aufwischen. Doch stattdessen zog sie ihre Socken aus und ging selbst ins Badezimmer. Mit ihrem eigenen alten Handtuch wischte sie die Wände und den Fußboden trocken. Sie wrang das Handtuch aus und hängte es zum Trocknen auf. Sie dachte, dass sie Ester ja immer noch beim nächsten Mal von der Wischaktion erzählen könnte, wenn es denn ein nächstes Mal geben würde.

Ester lieh sich Susannes Föhn aus.

Sie stand vor dem Spiegel im Flur und fuhr sich mit den Fingern durchs Haar, während sie es föhnte. Zwischendurch schüttelte sie immer wieder leicht den Kopf. Ihre Haare waren offenbar sehr dick. Jedenfalls mussten sie wirklich lange geföhnt werden. Sie hatte den Föhn auf die höchste Stufe gestellt. Die ganze Wohnung roch nach warmem Haar.

Susanne ging ein paarmal zwischen Küche und Wohnzimmer hin und her. Als sie zum dritten Mal vorbeikam, sagte sie durch den Lärm hindurch zu Ester:

– Das passiert gerne mal, dass er durchbrennt.

– Was?

Ester beugte den Kopf nach vorne. Ihre Haare baumelten über dem Bauch.

– Er brennt durch, wenn man ihn zu lange am Stück laufen lässt, sagte Susanne, diesmal lauter.

Ester schaltete den Föhn aus.

– Sie sind jetzt auch schon fast trocken. Wo soll ich ihn hinlegen?

– Gib ihn mir einfach.

Er war glühheiß. Sie legte ihn direkt vor Ester auf die Kommode.

Dann saßen sie im Wohnzimmer, angezogen und satt gegessen, und wussten nicht, was als Nächstes geschehen sollte. Susanne hatte die ganze Zeit das Gefühl, dass sie die Sache mit Luffe noch einmal in Ruhe durchsprechen müssten, aber Ester meinte, es würde noch eine Weile dauern, bis sie darüber reden könne.

– Es macht mich zu sehr traurig, sagte sie und zeigte auf ihren Bauch.

Susanne nickte.

– Aber was willst du jetzt tun?, fragte sie.

– Ich weiß nicht.

– Ich finde, du musst mit ihm sprechen.

– Noch nicht. Erst soll er sich ruhig ein bisschen Sorgen um mich machen.

– Ich denke, er macht sich jetzt schon Sorgen.

– Nicht genug. Noch nicht.

– Wann dann?

– In ein paar Tagen. Ich will jetzt wirklich nicht mehr darüber reden.

Susanne nickte. Heute ist Sonntag, dachte sie. Ester legte eine Hand vor ihre Augen. Die Hand zitterte ein wenig.

– Wie wäre es mit einem kleinen Spaziergang?, fragte Susanne. – Zum See runter und wieder zurück. Schaffst du das?

– Ja. Klar.

– Vielleicht will Kim mitkommen.

Das wollte er nicht. Er war eingeschlafen und wurde sauer, als sie die Tür öffnete und fragte.

13

Zum Glück wurde es eine trockene Woche. Sie konnte mit dem Rad zu den Wohnungen fahren. Das war viel einfacher als mit dem Bus. In der Zeit zwischen neun und vier musste sie jeden Tag zwei Wohnungen putzen, was ohne Probleme zu schaffen war. Sie wurde jeweils für drei Stunden bezahlt, und so hatte sie mittags gut Zeit, um ihre Brote zu essen und zur zweiten und letzten Wohnung des Tages zu radeln.

Am Mittwochnachmittag putzte sie bei einer Kommunistin. Sie war eine hohe Beamtin. Sie war verheiratet, und sie hatten einen Sohn. Susanne hatte sie zweimal getroffen, und jedesmal hatte sie betont, dass Susanne unbedingt zwischendurch Kaffeepausen machen solle. Und dass sie sich auch gerne ein Brot schmieren dürfe, wenn sie Hunger bekomme. Sie solle sich in keiner Weise zu viel abverlangen, sie solle einfach machen, was sie in der Zeit schaffe. Und es sei am Mittwoch nach der Arbeit immer »schön, nach Hause zu kommen«, das müsse sie wissen. Weil alles so sauber rieche und staubfrei sei.

Susanne gab sich bei der Kommunistin immer viel Mühe. Dort gab es auch immer viele Staubmäuse, mit denen man sich abmühen konnte. Das lag an den lackierten Parkettböden in der Wohnung, die geradezu dazu einluden, dass sich Staub und Schmutz sammelten. Die Möbel waren aus massivem Holz, mit Wollstoffen. Zwei Sofas mit Holzgestell und eine große Kommode. Strickzeug in einem Korb auf dem Boden und mundgeblasene Gläser verschiedenster Art. Die Reste vom Frühstück standen noch auf dem Küchentisch, und man hatte ihr gesagt, dass sie dort ruhig alles stehenlassen solle.

In fast allen Wohnungen fanden sich solche Reste. Sie konnte es nicht lassen, sie zu betrachten und sich vorzustellen, wie der Morgen an dem fraglichen Ort ausgesehen hatte. Brotkrumen und Käserinden hatten etwas Verlässliches und Mildes an sich. Etwas fast Kindliches, Stummes. Menschen, die gegessen hatten, bevor sie in den Tag gingen. Manchmal wünschte sie sich, sie wäre *sie*. Jedes Mal, wenn sie in der Wohnung der Kommunistin war, bekam sie Lust, auf eine aufklappbare Bank zu sparen oder mit dem Stricken anzufangen. Ab und an kam es auch vor, dass sie sich wünschte, sie wäre ein paar Jahre älter.

An diesem Mittwoch hatte die Kommunistenfamilie Geburtstag gefeiert. Auf dem Küchentisch lagen zwei kleine Papierfähnchen, in den Gläsern waren Saftreste und auf einem Teller eine halbe Marzipanschnecke. Sie schaute im Abfalleimer nach, und da lagen die Bäckertüte und etwas zusammengeknülltes Geschenkpapier. Es war der Vater, der Geburtstag hatte. Auf dem Esstisch lag eine Karte an ihn. Da lag auch ein Kuvert mit Susannes Lohn und hundert Kronen extra. »Für eine Blume für Sie«, stand auf einem Zettel.

Es war nicht so, dass sie ausgesprochen gerne putzte. Es konnte sowohl unangenehm als auch anstrengend sein. Sie schwitzte immer sehr. Ihre Hände wurden ganz trocken, und die Haare fettig. Sie konnte unglaublich müde werden, aber so war das eben. Sie schaffte, was sie schaffen musste. Es war fast dasselbe in allen Wohnungen.

Zuerst nahm sie einen hart ausgewrungenen Lappen und wischte Staub. Für Glas und Holzoberflächen verwendete sie ein antistatisches Staubtuch. Dann saugte sie Staub, und zwar gründlich. Sie verrückte die Möbel und saugte unter allen Regalen und Schränken. Sie hob die Sofapolster an. Danach putzte sie Badezimmer und Toilette, und zuletzt wischte sie den Küchenboden. Während der Boden trocknete, machte sie mit einem Geschirrtuch die Runde und polierte Spiegel und Glastüren. Sie verwendete kein Glasputzmittel; es ging besser ohne. Sie ordnete Teppichfransen, klopfte Kissen in Form.

Öffnete vielleicht ein paar Fenster und legte die Zeitungen auf einen Stapel.

Es lag eine gewisse Befriedigung darin, mit einer Wohnung fertig zu werden. Die Zeit bis dahin füllte sie, indem sie sich verschiedene Dinge vorstellte, wie die Bewohner beispielsweise ihre Abende verbrachten, oder wie man die Wohnungen auch anders einrichten könnte. Wo das Arbeitszimmer sein sollte, und was an den Wänden im Flur hängen würde. Bis auf eine einzige waren die Wohnungen alle recht groß. In den Wohnzimmern standen jeweils mehrere Sofas.

Unter den Sofapolstern der Kommunistin fand sich vielerlei Essbares. Popcorn, Chips, verlorene Bonbons. Dunkle, klebrige Dinger, die sie nach einer Weile als Trockenfrüchte identifizierte. Da lagen auch Trinkhalme und Brotkrumen. Kleines Spielzeug und Häkelnadeln.

Es war ein Vergnügen, ein solches Sofa sauberzumachen. Eigentlich war es ja eine undankbare Aufgabe, denn sie war sich sicher, dass die Kommunistin davon nichts mitbekam. Aber das war nicht von Belang. Sie saugte und saugte mit dem Staubsauger, und es machte Klick und Klack. Da tat sich etwas. Da wurde schmutzig zu sauber. Und sie stellte sich die Kommunistin vor, wie sie in der Diele stehenblieb und »Aaah« sagte und ihre Lederjacke an die Garderobe hängte, während ihr Mann in der Küche die Einkäufe auspackte. Bauernbrot und Saft und Oliven. Den Sohn, wie er im Wohnzimmer die Lego-Kiste unter dem Regal hervorzog. Sie tranken Kaffee, bevor sie mit dem Kochen anfingen. Sie gingen umher, durch alle Räume, und schnupperten.

Die Kommunistin hatte gesagt, dass sie sich eine Putzhilfe leisteten, um »mehr Zeit füreinander« zu haben. Das konnte Susanne nur zu gut verstehen. So hätte sie es auch einmal gerne, und dann dürfte auch alles Mögliche auf, im und unter dem Sofa liegen.

Es lagen also hundert Kronen extra in dem Kuvert, und die sollten auch ausgegeben werden, aber sie wollte keine Blume. Höchstens eine einzelne Hyazinthe, sie hatte gesehen, dass sie schon in manchen Läden zu bekommen waren, und sie kaufte eine in Rosa und vom Rest des Geldes eine Flasche Rotwein und eine Sahnetorte für fünfundvierzig Kronen. Sie passte ganz genau in den Fahrradkorb. Sie fuhr vorsichtig.

Ester saß in dem weißen Sessel und las. Sie konnte sie schon von der Straße aus sehen. Im Wohnzimmer brannte Licht; es wurde langsam auch schon dunkel. Susanne brachte ihr Fahrrad in den Hof. Es war dunkel im Schlafzimmer. Sie betrat die Wohnung durch die Tür zur Küche und rief »Hallo«, und Ester rief zurück. Kim antwortete nicht. Sie stellte die Sahnetorte auf den Küchentisch und ging, noch im Mantel, ins Wohnzimmer.

– Wo ist Kim?, fragte sie.

– Er ist kurz beim Hausmeister.

– Jetzt? Warum das denn?

– Weil euer Spülkasten die ganze Zeit läuft.

– Ah. Das ist mir gar nicht aufgefallen.

– Es hat auch erst heute Mittag angefangen.

Susanne nickte.

– Okay. Wie geht es sonst?

– Gut.

– Was hast du gemacht?

– So rein gar nichts. Oder doch, ich habe gesaugt.

– Ester, du sollst hier doch nicht Staub saugen.

– Weiß ich, das habt ihr ja gesagt.

– Naja, dann lass es doch auch einfach.

Sie ging in die Küche und füllte den Wasserkocher. Gab Kaffee in die Bistrokanne, hängte einen Teebeutel in eine Tasse. Ester kam angeschnauft, als sie Teller auf den Tisch stellte.

– Was gibt es denn?

– Sahnetorte.

– Es gibt Torte? Wieso denn? Und magst du nicht deinen Mantel ausziehen?

– Doch.

Sie ging mit dem Mantel in den Flur hinaus, und gleichzeitig kam Kim zur Tür herein und küsste sie.

– Du riechst komisch, sagte er.

– Ich habe den ganzen Tag geputzt. Es gibt Sahnetorte.

– Es gibt Torte? Wieso?

Er folgte ihr in die Küche. Ester hatte sich schon hingesetzt, und Kim setzte sich ihr gegenüber. Sie goss das Wasser in Kanne und Tasse und stellte alles auf den Tisch, auch die Schachtel mit der Torte, und Kim lüftete den Deckel und machte einen Laut mit der Zunge.

– Ich habe heute in einer der Wohnungen Geld für eine Blume bekommen. Aber dann fand ich eine Torte für uns besser, sagte Susanne.

– Mmmh, von einem richtigen Bäcker, sagte Ester.

– Wer hat dir das Geld gegeben?, fragte Kim, während er die Torte anschnitt.

– Die Kommunistin. Sie ist immer so nett.

Susanne setzte sich und reichte Kim Esters Teller.

– Dann ist das ein Kommunistenkuchen?, sagte Ester.

– Es gibt in Dänemark keine Kommunisten mehr, sagte Kim. Er hatte ein wenig Schlagsahne am Finger.

– Oh, da sind Makronen drin. Woher weißt du, dass sie Kommunistin ist?, fragte Ester.

– Das ist so was, das Susanne sich vorstellt, sagte Kim.

– Was ist denn mit dem Spülkasten los?, fragte Susanne.

– Er läuft. Sie kommen gegen Ende der Woche und kümmern sich darum.

– Und das nur, weil ich dreimal hintereinander die Spülung ziehen musste, sagte Ester.

– Nein, ich glaube nicht, dass das was damit zu tun hat, sagte Kim.

– Na dann, lasst es euch schmecken, sagte Susanne.

In der Torte war auch Marzipan. Sie war überhaupt sehr gut. Susanne aß große Mundvoll. Wenn sie geputzt hatte, konnte sie essen wie ein Scheunendrescher. Und nichts setzte sich an ihr fest. Danach würde sie duschen und sich schminken. Sie konnten ja spät zu Abend essen, die Torte würde wohl ein wenig vorhalten.

– Sie hat ein altes Titelblatt von Land und Volk eingerahmt an der Wand hängen, sagte Susanne.

– Dafür kann es viele Gründe geben, sagte Kim.

– Nein, sie hat nämlich auch ein paar Teller mit Hammer und Sichel darauf. Und ihr Mann spricht Russisch.

– Luffes Cousin war in seiner Jugend Kommunist, sagte Ester.

– Wirklich?, fragte Kim.

– Sie hat mir selbst erzählt, dass sie Kommunistin ist, sagte Susanne.

– Ach. Was hat sie gesagt?

– Sie hat einfach gesagt, dass sie Kommunistin sei.

– Das hat sie einfach so gesagt?, fragte Ester.

– Sie hat also gesagt: Guten Tag, ich bin Kommunistin, und was sind Sie?, fragte Kim.

– So ähnlich, sagte Susanne.

– Komische Frau, sagte Kim.

– Aber gegen die Torte hast du nichts einzuwenden, oder?, sagte Susanne bohrte ihren Zeigefinger in die Sahne. Dann stand sie auf und ging Hände waschen. Sie zog sich auch gleich aus und duschte. Es wurde eine lange Dusche. Danach konnte sie sich nicht im Spiegel sehen. Sie ging, ohne sich die Haare zu frisieren, ins Schlafzimmer und öffnete den Kleiderschrank. Kim lag auf dem Bett. Sie suchte Unterwäsche heraus und zog sie an, schnell und effektiv. Sie spürte, wie Kim ihren Rücken ansah.

– Du bist ein bisschen gereizt, sagte er.

– Nein. Aber du brauchst nicht so mit mir zu reden.

– Du hast deine Unterhose verkehrt herum angezogen.

– Hm.

– Danke für die Torte.

– Nichts zu danken. Musst du nicht arbeiten?

– Nein, ich bin fertig für heute. Ich habe eine Menge geschafft.

– Schön für dich.

– Darf ich dich daran erinnern, dass du selbst diesen Ort hier überbevölkert hast?, sagte Kim.

– Oh, was für eine Sprache, sagte sie.

Ester hatte den Tisch abgeräumt und fing gerade an abzuspülen.

– Du kannst es einfach stehenlassen, Ester, sagte sie.

– Ja, das kann ich wohl.

Ester stellte die Teller in die Spüle. Sie stand seltsam da im Verhältnis zur Arbeitsplatte. Das war wegen ihres Bauches. Sie fischte den obersten Teller heraus und spülte ihn ab. Susanne nahm das Geschirrtuch von der Heizung.

– Wie geht es dir?, fragte sie.

Ester zuckte mit den Schultern.

– Ich habe ein bisschen Schmerzen auf der einen Seite.

– Ist es schlimm?

– Nein. Es tut nur ein bisschen weh.

– Hast du heute mit jemandem gesprochen?

– Wer sollte das sein? Oder doch, ich habe tatsächlich meine Mutter angerufen.

– Was hast du zu ihr gesagt?

– Nichts. Ich habe einfach so getan, als sei ich zu Hause. Ich habe gesagt, dass es mir gutgeht.

– Und was, wenn sie versucht, dich anzurufen?

– Dann geht wohl Luffe dran.

– Und wird er ihr dann nicht alles erzählen?

– Nein, zum Teufel, niemals. Das traut er sich nicht. Er wird so tun, als wäre nichts.

– Meinst du nicht, dass du bald mit ihm reden solltest?

– Doch, schon. Ich dachte mir, ich mache es am Montag. Wenn das für euch okay ist.

– Klar.

Susanne hängte das Geschirrtuch wieder über die Heizung und setzte sich. Sie gähnte. Sie strich sich mit den Händen über ihre Schultern.

– Bist du müde?, fragte Ester.

– Ja. Das bin ich tatsächlich.

– Du solltest vielleicht heute Abend mit mir zum Yoga gehen. Das gibt einem ganz viel Energie.

– Du gehst zum Yoga? Aber nein, danke, ich bin viel zu müde.

– Es wirkt sehr entspannend.

– Nein, danke, Ester. Ich bin ja auch nicht schwanger.

– Das ist doch egal. Es würde dir guttun.

– Nein, danke. Wann geht es los?

– Um sieben.

– Na, dann sollten wir aber jetzt was zu essen machen.

Susanne stand auf und öffnete den Kühlschrank. Sie zog das Gemüsefach vor und nahm ein Netz Kartoffeln heraus.

– Also nicht für mich. Ich kann vorher sowieso nichts essen, verdammt.

– Du musst doch was essen.

– Ich esse einfach ein Brot, wenn ich nach Hause komme.

– Bist du sicher?

– Ganz sicher.

Ester ging ins Wohnzimmer. Susanne legte die Kartoffeln zurück in den Kühlschrank. Sie machte den Rotwein auf, den sie nach der Arbeit gekauft hatte, und goss ihn in eine Karaffe. Dann ging sie ins Schlafzimmer. Von der Laterne im Hof schien ein wenig Licht herein. Kim lag noch immer im Bett. Sie setzte sich auf den Schreibtischstuhl und drehte sich zu ihm um.

– Kim, sagte sie, leise. – Ester ist heute Abend weg. Sie geht zum Yoga.

– Mm.

– Und sie bleibt bloß noch bis Montag hier. Dann zieht sie wieder nach Hause.

– Bis Montag ist noch lange hin.

– Was soll ich deiner Meinung nach denn tun?

– Es würde helfen, wenn du dich ein wenig entspannen würdest.

– Entspannen?

Sie atmete tief ein. Er lag einfach bewegungslos im Bett.

– Ich wollte dir eigentlich nur sagen, dass sie heute Abend nicht da ist, sagte sie.

– Na. Aber das ist doch schön.

Damit drehte er sich auf die Seite, mit dem Rücken zu ihr.

Sie ging in die Küche und nahm erneut die Kartoffeln heraus. Sie ließ sie ins Spülbecken fallen und drehte das Wasser auf. Dann drehte sie den Hahn wieder zu und trocknete sich die Hände an einem Geschirrtuch ab. Sie ging ins Wohnzimmer. Ester saß im Sessel, ohne irgendetwas zu tun.

– Vielleicht würde ich doch gerne zum Yoga mitgehen, sagte Susanne.

14

Es war zehn vor sieben.

Eine magere junge Frau mit einem kleinen spitzen Bauch hatte für den Lehrer Äpfel aus ihrem Garten mitgebracht. Sie saß auf der Bank im Umkleideraum, schon fertig umgezogen, die Äpfel in einer weißen Plastiktüte zwischen ihren Füßen.

– Hi, sagte sie, als Ester und Susanne hereinkamen.

– Tag auch, sagte Ester. Susanne nickte.

Sie hatte nicht gewusst, was für Klamotten sie mitnehmen sollte. Irgendwas Bequemes, hatte Ester gesagt. Und so hatte sie ein Sweatshirt eingepackt und Leggins, die sie einmal zum Streichen angehabt hatte. Sie hatten weiße Flecken auf den Knien und eine Tendenz zum Hängehintern. Jetzt, als sie sie anziehen sollte, bereute sie es dermaßen. Die ganze Zeit kamen schwangere Frauen zur Tür herein, und alle waren sie unglaublich gut angezogen. Sie drehte sich jedes Mal wieder um und lächelte jede Einzelne an. Sie zog ihr Sweatshirt in die Länge.

– Entschuldigt bitte meine scheußlichen Leggins, sagte sie in den Raum, aber es kam keine Antwort.

Ester band gerade ihr Haar zu einem hohen Pferdeschwanz zusammen. Objektiv betrachtet war sie eine der Hübschesten. Das Fett saß an den richtigen Stellen, und sie brachte auch die Größe mit. Sie war die Schwangerste von allen.

– Und wer bist du?, fragte eine dicke Frau.

– Ich?, sagte Susanne und zeigte auf sich selbst.

– Bist du neu? Du bist aber noch ganz am Anfang.

Die Dicke hatte sich schon zu Hause umgezogen. Ihre Augen strahlten.

– Nein, ich bin nur heute dabei. Ich bin nicht schwanger.

– Sie ist mit mir da, sagte Ester.

– Ah, okay, Ester, sagte die Dicke.

– Hallo, Ester, sagte die zuletzt Angekommene. – Er hat ja schon angefangen, sich zu senken. Ist er schon fest im Becken?

Sie zeigte auf Esters Bauch.

– Noch nicht. Der Kopf ist hier, sagte Ester, und sofort sammelten sich noch drei, vier andere um sie. Ester legte die Hände auf ihren Bauch und schritt aus dem Zimmer, mit ihrer Schar im Kielwasser.

Der Lehrer hieß Dennis. Er war eher kompakt. Die magere Frau überreichte ihm die Tüte mit den Äpfeln, und er lachte und bedankte sich. Ester erklärte, dass Susanne zum Ausprobieren mitgekommen, dass sie aber nicht schwanger sei.

– Dann sind wir ja schon zu zweit, sagte Dennis und zeigte zum hinteren Ende des Raums, wo sich die Frauen dünne Matten holten. Susanne holte ebenfalls eine und legte sie neben Esters Matte. Die Frauen setzten sich auf allerlei Arten hin, Ester saß mit ganz geradem Rücken im Schneidersitz.

Es war brütend heiß. Dennis entschuldigte sich, er wolle gleich ein Stockwerk tiefer gehen und das Thermostat herunterdrehen. Die Fenster könnten nicht geöffnet werden. Bis er wieder da sei, sollten sie sitzen und atmen. Und das taten sie dann, aber es wurde auch viel geredet und gekichert. Sie wollten alle gerne lachen, wenn Ester etwas sagte.

Ester war ein Ass im Yoga. Dennis nahm sie zweimal als Modell, um eine Übung zu demonstrieren, und beide Male lobte er ihre Präzision und Geschmeidigkeit.

Der Raum roch säuerlich, nach Äpfeln und Füßen. Sie sollten auf allerlei Arten sitzen und liegen. Einmal sollten sie sich paarweise aufstellen, Rücken an Rücken, und Susanne musste mit Dennis ein Paar bilden. Er machte eine Bewegung, woraufhin ihre Wirbelsäule knackte, und es fühlte sich gut an.

– Du bist ja recht gut trainiert, sagte Dennis, als sie einander wieder losließen, und drehte sich um. Er trug ein schwarzes T-Shirt.

– Naja, sagte Susanne und lächelte.

Zum Abschluss machten sie eine Entspannungsübung. Dennis zählte sie herunter. Sie lagen auf ihren Matten und gingen nacheinander die verschiedenen Körperteile durch. Susanne kam nicht weiter als bis zum rechten Oberschenkel, schon war sie eingeschlafen, und als sie später mit einem Ruck aufwachte, stand Dennis direkt über ihr und blinzelte. Sie setzte sich auf und schüttelte den Kopf. Die meisten Frauen waren schon auf dem Weg hinaus, der Kurs war vorbei. Genau ihr gegenüber, mit dem Rücken zu ihr, saß die Magere und übte weiter. Ihr Hintern glich einem kleinen, in sich zusammengesunkenen Kürbis.

In der Bahn nach Hause wirkte Ester wie ausgewechselt. Sie sagte auch kaum etwas. Sie saß einfach unbeweglich da, in ihren neuen Stiefeln und dem langen Trenchcoat.

– Warum hast du nicht erzählt, dass du so gut im Yoga bist?, fragte Susanne.

Ester zuckte mit den Schultern.

– Wie lange machst du das schon? Sehr lange?

– Ein paar Jahre. Also in anderen Kursen.

– Die Leute da sind ja ganz lustig. Und der Lehrer auch.

– Er ist einer der besten in ganz Dänemark.

– Ist er?

– Ja. Deshalb habe ich auch seinen Kurs gewählt. Er ist klasse.

– Das kann ich mir gut vorstellen.

– Ja.

Ester atmete tief ein und faltete die Hände und sagte nichts mehr.

– Du bist die Hübscheste im ganzen Kurs, sagte Susanne, ohne eine Antwort zu bekommen, doch als sie nach Hause kamen und Ester ihren Mantel ausgezogen hatte, war ein lautes Dröhnen zu hören, und alles war wie an den Tagen zuvor.

Am Donnerstagmorgen konnte Susanne kaum aufstehen. Es war, als hätte sich in ihrer rechten Schulter etwas verschoben. Den ganzen Tag musste sie mit der linken Hand schrubben und scheuern, und beim Fahrradfahren musste sie ihr ganzes Gewicht auf die eine Seite verlagern.

An diesem Tag hatte sie ihre Gedanken mal hier, mal da. Sie putzte, ohne zu sehen, was sie machte. In der zweiten Wohnung löste sich irgendetwas an einem Bett, als sie es von der Wand wegzog. Sie brauchte fast eine halbe Stunde, um den Schaden zu beheben, und danach hatte sie es dann schrecklich eilig. Sie war schweißnass, als sie um zwei vor vier die Tür ins Schloss warf und zu ihrem Rad ging. Sie hatte die Fahrradlichter vergessen und musste nun zusehen, dass sie nach Hause kam, bevor es ganz dunkel wurde.

15

In den Wochen, in denen Ester nun schon bei ihnen wohnte, war etwas mit der Wohnung geschehen. Sie sah einfach nicht aus, wie sie sollte. Es lag nicht daran, dass Ester sonderlich unordentlich war. Die große Tasche stand in einer Ecke im Wohnzimmer, und sie räumte stets um sich herum auf. Jeden Vormittag trug sie ihre Decke in den Flur und verstaute sie in der Nische bei der Garderobe. Sie rückte die Sofapolster zurecht und lüftete.

Doch im Badezimmer stand ihre Toilettentasche auf der Waage. Ein Fingerring lag auf dem Regalbord, weil er ihr nicht mehr passte. In der Küche hatte sie ein Glas Eisentabletten auf die Dose mit dem Knäckebrot gestellt, »damit ich daran denke, sie zu nehmen«. Ester aß jeden Tag Knäckebrot. Sie hatte ein Glas Erdbeermarmelade gekauft und im Kühlschrank in das oberste Fach gestellt. Sie mochte Käse mit Erdbeermarmelade, und der Käse verschwand schneller als sonst. Das galt auch für das Toilettenpapier, und für die Kokoskekse in der Dose auf dem Regal.

An einem Freitagvormittag saß Susanne in der Küche über einem Reklameblatt und machte Kreuzchen. Es war ihr freier Tag. Kim arbeitete, Ester schlief noch. Es war nach zehn. Sie wollte drei Packungen Koteletts kaufen und einfrieren. Sie wollte außerdem Weichspüler kaufen und Wäsche waschen. Zuerst aber würde sie putzen. Sobald Ester aufgestanden und ins Bad gegangen war, um kurz vor halb elf, zerrte Susanne den Staubsauger aus dem Schrank. Sie fing im Wohnzimmer an. Sie riss die Fenster weit auf und trug Esters Decke in den Flur. Stellte die Esstischstühle umgedreht auf den Tisch und saugte Brösel weg. Als Ester aus dem Badezimmer kam, war sie schon in der Küche zugange. Mit dem Staubsauger entfernte sie die Spinnweben an der Decke und in den Ecken. Dann war plötzlich der Strom weg, und Kim stand in der Tür, eine Hand an der Steckdose, und fuhr sie an:

– Ich dachte, du hättest am Freitag frei. Du machst Lärm.

– Ich bin gleich fertig.

– Hier ist doch erst gesaugt worden.

– Hier wohnen drei Menschen. Da wird es eben schnell schmutzig, sagte Susanne.

Dennoch ließ sie das Staubsaugen sein. Sie ging ins Badezimmer und wischte hinter Ester auf, obwohl sie eigentlich auch selbst noch duschen wollte. Sie scheuerte das Waschbecken, und sie rieb sämtliche Fliesen und den Spiegel blank. Sie konnte Ester nebenan rumoren hören. Als sie die Küche betrat, aß Ester gerade Schwarzbrot mit Käse und Marmelade.

– Ist denn kein Knäckebrot mehr da?, fragte Susanne.

– Nein. Aber ich kaufe schon eine neue Packung.

– Das kann ich machen. Ich gehe gleich einkaufen.

– Okay. Ich fahre in die Stadt.

– Was machst du da?

– Lauter so Kleinkram. Ich bleibe wohl ein paar Stunden weg, sagte Ester.

– Gut.

Susanne fühlte sich milder gestimmt und schenkte sich eine Tasse Kaffee aus der Thermoskanne ein. Sie setzte sich. Ester blätterte in dem Reklameblatt und kaute. Sie konnte sehr unterschiedlich aussehen. Heute hatte sie sich die Augen geschminkt, aber ihre Haare wirkten fettig. Sie hatte sie hinter die Ohren gestrichen.

– Hast du gut geschlafen?, fragte Susanne.

– Nein. Ganz und gar nicht. Ich wache jede verdammte Nacht ein paarmal auf. Deshalb schlafe ich auch so lange.

– Du denkst wohl viel nach, oder?

– Ja. Und ich habe ständig Krämpfe.

– Du musst wirklich mit Luffe sprechen. Es ist schon eine ganze Weile her, dass du gesagt hast, du würdest mit ihm sprechen.

– Ja.

– Naja, aber getan hast du es nicht. Du musst aber.

– Ja.

– Und du musst wieder zurück ziehen.

– Da bin ich nicht so sicher.

– Wo willst du dann wohnen?

– Vielleicht kann ich draußen bei meiner Mutter eine Wohnung bekommen.

– Nein, Ester, jetzt hör aber auf. Du musst zurück in eure Wohnung und dich diesem Gespräch stellen. Ihr bekommt ein Kind.

– Das meinst du nicht wirklich.

Esters Kiefer zitterte. Sie legte das Käsebrot auf den Teller.

– Entschuldigung, sagte Susanne.

– Macht nichts.

Als Ester gegangen war, duschte Susanne lange und heiß. Sie machte eine Haarkur und rasierte sich die Beine. Sie entfernte alten Nagellack von den Zehennägeln und trug neuen auf und zupfte ihre Augenbrauen. Sie dachte daran, dass sie am Abend eine Packung von den Sonderangebotskoteletts essen könnten, mit einer kräftigen Tomatensoße und Nudeln, so wie Kim es mochte. Vielleicht würde sie zum Nachtisch Obstsalat machen, mit Walnüssen und Schokolade.

Sie ging ins Schlafzimmer. Kim drehte sich um, als sie das Handtuch auf den Boden warf. Er stellte sich hinter sie und zog sich aus, während er sie die ganze Zeit festhielt; sie verstand nicht, wie er das zuwegebrachte.

– Ich war noch nicht im Bad, sagte er.

– Macht nichts.

Sie legte den Kopf in den Nacken und konnte seine Achseln riechen, als er einen Arm hob.

Es war lange her, und es ging schnell. Sie mochte es. Sie drehte sich um und küsste ihn, Schweiß lief über sein Gesicht. So blieben sie einen Augenblick stehen.

– Solltest du nicht arbeiten?, fragte sie und dachte, dass das Stück Körper, das sich ganz außen an seiner Schulter befand, hübsch zusammengeschraubt war.

– Doch. Ich arbeite auch, sagte Kim, aber dann klopfte es laut an der Tür, und er zog sich schnell an und ging aufmachen. Es war ein Klempner, der den Spülkasten reparieren sollte, zum zweiten Mal. Er ging zwischen Wohnung und Straße hin und her. Seinen Firmenwagen hatte er vor dem Wohnzimmerfenster geparkt, und Susanne lief schnell ihr Schminktäschchen holen, während er gerade Werkzeug aus dem Auto holte.

Sie trug vor dem Fenster in der Küche Lippenstift auf. Aus dem Badezimmer waren laute Schläge zu hören, der Klang von Metall gegen Porzellan. Sie benutzte auch Puder und Eyeliner, aber als sie ihre Haare über eine Rundbürste föhnen wollte, funktionierte der Föhn nicht. Ganz gleich, wie oft sie an- und ausschaltete, es tat sich einfach nichts.

Sie setzte sich mit einem Kreuzworträtsel ins Wohnzimmer und wartete darauf, dass ihre Haare von selbst trocknen würden. Sie war ein wenig verärgert, aber nicht wirklich wütend. Das wurde sie erst eine halbe Stunde später, als ihre Haare trocken waren und sie im Flur in ein Paar zu große Lederstiefel schlüpfte. Sie rutschte vor und zurück und fluchte und schimpfte. Und musste schließlich Gummistiefel anziehen.

Es hatte sich so ergeben, dass sie fast immer in dem Brugsen einkauften, der fünf Bushaltestellen entfernt lag. Oder zehn Minuten mit dem Rad. Das war zwar nicht praktisch, aber der Filialleiter wohnte bei ihnen im Haus, in der großen Vierzimmerwohnung ganz oben, und er sorgte dafür, dass Mitgliederangebote zurückgelegt wurden, für den Fall, dass sie interessiert wären. Seine Frau arbeitete in einem Verlag und warf ab und an teure Zeitschriften durch den Briefschlitz.

Als einzige Gegenleistung gossen Kim und Susanne ihre Blumen, wenn sie jedes Jahr im Januar für vier Wochen in den Süden reisten.

In diesem Brugsen waren auch die Angestellten freundlicher als woanders. Sie grüßten, wenn man ihnen irgendwo im Geschäft begegnete. Die ganze Stimmung erinnerte sie an den Tante-Emma-Laden in der Kleinstadt, in der sie aufgewachsen war. Abgesehen davon, dass es hier im Laden sauber war und dass man mit harter Hand alle Waren wegwarf, deren Verkaufsdatum überschritten war.

Sie stand in der Gemüseabteilung und überlegte, ob sich der abgepackte Salat wohl bis Sonntag halten würde. Sie legte ihn in den Wagen und ging weiter, wendete und ging zurück, nahm noch einen Salatkopf und drei Gurken zum Angebotspreis. An der Kühltheke beschloss sie, gleich zweimal das Sonderangebotspaket mit je drei Packungen Koteletts zu kaufen und diese dann einzufrieren, bis auf die eine Packung, die sie am Abend essen würden. Sie ging zum zweiten Mal zurück zur Gemüseabteilung, um nachzusehen, wie viel die Tomaten gerade kosteten. Ging weiter zu den Konserven und entschied sich für drei Dosen geschälte Tomaten. Kaufte zwei verschiedene große Stücke Käse und eine geräucherte Makrele für das Mittagessen. Toilettenpapier und Küchenrolle.

Nach und nach wurde der Wagen recht voll. Sie verlor den Überblick und packte mehr und mehr hinein: Servietten mit Rosenmotiv, Glühbirnen, Nylonstrümpfe. In der Elektroabteilung kaufte sie einen Föhn zum halben Preis. Er war quietschend gelb. Sie überlegte einen Augenblick, auch einen für Ester mitzunehmen, ließ es dann aber sein.

Am Schluss waren es über neunhundert Kronen. Für vier volle Tüten und dazu noch Toilettenpapier und Küchenrolle. Vorausblickend suchte sie schon die Streifenkarte heraus und griff nach den Tüten. Sie hatte Glück und erreichte gerade in dem Augenblick die Haltestelle, als der Bus bremste.

16

Es lohnte sich nicht, einen Sitzplatz zu suchen. Sie stellte sich in die Mitte des Busses und stapelte alles bis auf eine Tüte in der Ecke an die Wand. Die letzte Tüte klemmte sie zwischen ihre Beine. Auf diese Weise hatte sie ihre Hände frei, falls der Bus abrupt bremsen sollte. Was er dann auch tat. Sie stürzte vornüber und fing sich mit den Händen an einer Schulter in Daunenjacke ab. Von hinten fiel eine ältere Frau gegen ihren Rücken. Dann war es mit dem Bremsen wieder vorbei, und alle kehrten in ihre lotrechte Position zurück. Die Frau, die gegen sie gefallen war, griff nach einer Halteschlaufe.

– Hoppala, sagte sie.

Da war ein Loch in ihrem Tweedmantel, unter der Achsel. Sie wies mit einem Nicken auf das Loch und lächelte Susanne an.

– Ja, das ist ein bisschen peinlich, sagte sie. – Unter uns kann man so was schon sagen.

Sie sprach unendlich langsam, fast leiernd.

Susanne lächelte.

– Nein, ich bin auf dem Weg zu meiner Tochter, damit sie den Mantel wieder in Ordnung bringt, sagte die Frau. – Und da habe ich ihn eben gleich angezogen. Bei ihr an der Arbeit haben sie so dicke Ledernadeln. Nein, und wie kalt es geworden ist.

Sie schüttelte mit dem Kopf und zog die eine Schulter hoch bis zum Ohr. Das Ohr war sehr groß.

– Dann kaufe ich auch gleich noch ein paar Strumpfhosen, die haben da so eine gute Marke. Ich bezahle den vollen Preis. Ist ja zu einem guten Zweck, wie man so sagt. Nein, sie ist ja ganz die Tochter ihres Vaters. Die zwei waren immer ein Herz und eine Seele. Es ist auch leichter für die Männer, wenn Sie mich fragen. Die haben nicht so viele Verpflichtungen.

Sie sprach jede einzelne Silbe des letzten Satzes aus. Dann senkte sie ihre Stimme.

– Zum Beispiel gestern, sehen Sie. Ich habe die Betten frisch überzogen. Ich war einkaufen. Und dann muss ja dreimal am Tag das Essen auf dem Tisch stehen.

Für jeden Punkt streckte sie einen Finger in die Höhe. Dann stemmte sie die Hand in ihre Hüfte:

– Er hatte dabei nichts anderes zu tun, als seinen Aschenbecher kurz anzuheben. Und nicht einmal das hat er gemacht.

Jetzt flüsterte sie.

– Es stinkt auch ganz schrecklich, wenn er Wasser lässt. Weil er nämlich im Stehen pinkelt. Und dabei oxidiert dann ja der Urin, wie man so sagt. Ich habe ihn gefragt, ob er sich nicht hinsetzen kann, aber das macht er nicht. Man kann es bis ins Wohnzimmer hören, wie es die Seiten hochspritzt. Ach, es ist ekelhaft, wissen Sie.

Sie räusperte sich und zog sich ein kleines Stück zurück.

– Aber wir haben ja alle unsere Probleme. Nein, und meine andere Tochter lebt ja in Australien. Aber wir setzen uns nicht in so ein Flugzeug, da darf sie hübsch nach Hause kommen. Und das macht sie dann auch, die Gute. Bei ihrem Freund haben sie jetzt irgendwas mit der Speiseröhre diagnostiziert, aber heutzutage können sie ja so viel machen. Sie schneiden ihn auf und setzen so eine Klammer ein. Müssen Sie jetzt raus?

Susanne nickte.

– Es hat sich so unglaublich viel getan, sagte die Dame. – Unsereins hatte nicht all die Möglichkeiten.

17

Sobald sie die Wohnungstür aufgeschlossen hatte, kehrte die schlechte Laune zurück. Ester war zum Glück noch nicht wiedergekommen. Aber Kim lag im Bett und schlief, auf dem Bauch eine Zeitung. Der Computer war angeschaltet, das Schlafzimmer ein einziges Chaos. Sie machte die Tür zu und fing an, die Tüten auszupacken.

Sie stellte den gesamten Inhalt auf den Küchentisch und ging den Kassenzettel durch. Das tat sie sonst nie. Es stimmte alles. Sie konnte sich nicht erinnern, wann sie zuletzt im Supermarkt so viel auf einmal gekauft hatte. Sie ließ den Kassenzettel offen auf dem Küchentisch liegen und verstaute all ihre Einkäufe. Den alten Föhn warf sie weg und legte den neuen in die oberste Schublade der Kommode.

Sie ging in der Wohnung umher. Diese wirkte, obwohl sie schon Staub gesaugt hatte, noch immer ein wenig schmuddelig. Sie putzte noch einmal das Waschbecken im Badezimmer und entfernte die schwarzen Fingerabdrücke des Klempners vom Spülkasten. Sortierte Zeitungen und brachte einen großen Stapel zum Altpapier. Lüftete zum zweiten Mal an diesem Tag. Sie saß in der Küche und trommelte mit den Fingern. Ging ins Wohnzimmer und wählte die Telefonbanking-Nummer und bekam eine unschöne Überraschung zu hören. Legte den Hörer auf.

Sie schlug drei Eier in eine Schüssel und verquirlte sie mit dem Mixer, auf höchster Stufe. Da wachte Kim endlich auf und kam zu ihr heraus.

– Und, kommst du da drinnen voran?, fragte sie.

– Ich bin fertig für heute. Was wird das?

Er zeigte auf die Schüssel.

– Ich hatte Lust auf irgendwas mit Eiern.

– Ah.

Er setzte sich an den Tisch und goss sich eine Tasse Kaffee aus der Thermoskanne ein.

– Ich habe heute bei Brugsen über neunhundert Kronen bezahlt, sagte sie.

– Das ist nicht dein Ernst.

– Doch. Ich musste ja auch einen neuen Föhn kaufen.

– Aber der hat doch wohl keine neunhundert Kronen gekostet.

– Nein, aber dann habe ich noch Koteletts zum Einfrieren gekauft und alles mögliche andere. Wir brauchen ja auch was zu essen.

Sie schaltete den Mixer aus und ließ ihre Stimme hell und heiter klingen:

– Und weißt du was, dann hat Ester doch versehentlich meine Stiefel angezogen.

– Da passiert doch nichts dabei.

– Will ich doch hoffen. Sie hat größere Füße als ich.

– Hm.

– Kann also gut sein, dass sie sie ausweitet.

Sie nahm eine Pfanne und stellte sie auf den Herd. Schaltete die Platte an. Gab einen Klecks Butter in die Pfanne. Goss die Eimasse hinein, als die Butter geschmolzen war.

– Wir brauchen ja schon auch mehr Lebensmittel, so zu dritt, sagte sie.

– So ist das eben mit Gästen.

– Ja, klar. Es ist auch kein Problem.

– Wo ist denn die Zeitung von gestern?, fragte Kim, aber da ging draußen im Flur die Tür auf, und es war Ester, die nach Hause kam, mit einer neuen Frisur, die Haare in zwei Nuancen frisch gefärbt, und einer Tüte voll Klamotten, die sie auf dem Küchentisch ausleerte. Es waren drei Strickjacken und eine Hemdbluse.

– Die sind gut, wenn man stillt, sagte sie.

– Nicht übel, sagte Susanne und fuhr mit dem Pfannenwender durch die Eimasse.

Ester hielt sich die Bluse vor den Körper.

– Steht die mir? Was hast du gemacht?

– Ich war im Supermarkt und habe für über neunhundert Kronen eingekauft.

– Verfluchte Scheiße aber auch. Was hast du denn alles gekauft?

– Essen.

– Was für Essen?

– Koteletts.

– Schön. Die kann ich machen. Koteletts aus dem Ofen, das kann ich. Hast du Zwiebeln und Dosentomaten?

– Müsste ich nachschauen.

– Ach, zum Teufel. Ich habe ja auch was für dich gekauft, sagte Ester und griff hinter sich nach ihrer Tasche.

– Ich muss dir nämlich was gestehen.

Es war ein Föhn, dasselbe Modell wie der alte, der durchgebrannt war.

– Mir ist gestern dein Föhn kaputtgegangen.

– Wirklich? Habe ich noch gar nicht bemerkt.

Sie sah Kim über Esters Schulter hinweg fest in die Augen.

– Da musste ich dir doch einen neuen besorgen. Es tut mir leid.

– Das wäre doch nicht nötig gewesen. Der war vorher schon alt und halb kaputt, das hätte mir genauso gut selbst passieren können. Aber danke.

– Ich räume ihn gleich auf, sagte Ester.

– Nein, das mache ich schon, sagte Susanne und ging in den Flur und öffnete die Schublade. Sie legte den neuen Föhn hinein und schmuggelte das gelbe Billigexemplar unter ihrem Pullover versteckt ins Schlafzimmer. Dann ging sie zurück in die Küche.

– Wo ist denn nun die Zeitung?, fragte Kim.

– Und noch was, sagte Ester und ließ sich schwer auf einen Stuhl fallen und streckte einen stiefelbekleideten Fuß in die Höhe:

– Die hier hätten mich fast umgebracht. Es sind deine. Ich habe sie aus Versehen angezogen.

– Na, zum Teufel auch, sagte Susanne.

– Ich weiß nicht, vielleicht habe ich langsam schon Wasser in den Beinen. Was sagt ihr zu meinen Haaren?

– Hübsch, sagte Kim.

– Kim, ich glaube, ich habe die Zeitung weggeworfen, sagte Susanne. – Ich habe vorhin Altpapier rausgebracht.

– Das kann doch verdammt noch mal nicht dein Ernst sein, sagte Kim und stand auf.

Sie sahen ihm nach, wie er über den Hof zum Altpapiercontainer ging und seinen Arm hineinsteckte und wieder herauszog, ohne Zeitung. Er war ernsthaft wütend, als er wieder in der Küche stand.

– Jetzt reißt du dich verflixt noch mal zusammen, sagte er, den Daumen in der Luft, in Richtung Susanne weisend:

– Ich hätte das Feuilleton noch gebraucht. In Zukunft lässt du mich die Zeitungen sortieren.

– Oh nein, das hatte ich ganz vergessen, sagte Ester und griff wieder in ihre Tasche. Sie zog einen zusammengefalteten Zeitungsteil heraus und gab ihn

Kim, und es war tatsächlich der, nach dem er gesucht hatte.

– Entschuldigt bitte, sagte Ester. – Ich wollte in der Bahn was zu lesen haben.

– Ich wusste gar nicht, dass du Zeitung liest, sagte Susanne.

– Was meinst du?, fragte Ester.

– So ein verdammtes Glück aber auch, sagte Kim.

– Meinst du den Artikel über Laute und Geräusche? Der ist schon saugut, sagte Ester und zog eine der Strickjacken unter ihr Kinn und fragte nun Kim aus:

– Wozu brauchst du den denn? Was schreibst du eigentlich gerade?

18

Da waren zwei Vorstellungen, mit denen sich Susanne immer tröstete. Die eine war der Gedanke an ein Leben mit einem Mann, den sie einmal gekannt hatte. Es war ein unkompliziertes und konkretes Leben. Sie hätten ihre Zeit mit Berührungen zugebracht, mit Ausflügen und Einkäufen. Sie wären zur Arbeit gegangen und hätten Kinder gehabt. Es wäre kein Verbrechen gewesen, von Familienfesten zu fantasieren, oder von einer neuen Lampe über dem Esstisch. Sie hätten auch Freunde gehabt, die jedes Wochenende zu Besuch kämen. Doch diese Vorstellung ebbte stets in ein schlimmes Schlussbild aus. Sie sah sich selbst weinen angesichts all des zugänglichen Glücks. Da war nicht ausreichend Zweifel in *diesem* Leben. Oder vielleicht war das auch nur eine schlechte Ausrede, weil sie ihren Mut verloren hatte. Falls sie denn je welchen gehabt hatte. Ein einziges Mal hatte sie gesagt: »Kim, ich verlasse dich, ich weiß nicht, ob ich dich liebe.« »Komm mir nicht mit deinen Klischees«, hatte er gesagt, und das war wohl auch der Grund, weshalb sie blieb.

In der zweiten Vorstellung verfasste sie einen

Nachruf auf ihn. Sie schrieb einen derart traurigen Text, dass sie über ihre eigene Tapferkeit weinen musste. Sie konnte auch bei der Beerdigung eine grandiose Rede halten. Doch an *dieser* Vorstellung festzuhalten war noch schwieriger, denn wer sollte die Kirchenbänke füllen? Und welche Zeitung würde den Nachruf abdrucken, solange er nicht mit dem Buch fertig war? Das sein erstes war?

Jetzt saß Ester im Schlafzimmer am Schreibtisch, auf einem Küchenstuhl, neben Kim. Er spielte ihr Musik vor und zeigte ihr Fotos. Er suchte auf dem Rechner und fand etwas, worüber sie lachte. Sie hatte sich die neue Bluse um die Schultern gehängt.

Susanne stand in der Küche an der Spüle. Sie konnte ihre Wangenknochen spüren. Es spannte im ganzen Gesicht. Sie spülte die Bratpfanne ab und scheuerte das Spülbecken sauber. Sie hatte Tränen in den Augen und blinzelte dreimal, langsam. Dann ging sie in den Flur und zog ihren Mantel an, hängte sich ihre Tasche über den Arm.

– Ich gehe kurz raus, rief sie mit gepresster Stimme in die Wohnung, bevor sie ging.

– Okay, rief Kim.

Sie ging zum See hinunter und weiter den Weg entlang. Sie bereute es bereits, als sie noch keinen halben Kilometer gegangen war. Die Luft war schneidend kalt und diesig, und sie hatte vergessen, ihren Schal mitzunehmen. Sie musste ihren Mantel mit einer Hand oben am Hals zuhalten, und sie hatte auch keine Handschuhe angezogen. Aber es wäre dumm, umzukehren und zurückzugehen. Sie ging und ging. Sie spürte ein Kratzen im Hals wegen der Kälte. Auf dem Weg lagen lauter Hundehaufen, und sie musste gleichzeitig nach unten schauen, um nicht hineinzutreten, und nach oben, um zu sehen, ob ein Stück vor ihr noch immer ein älteres Paar ging. Zwischendurch schaute sie auch zurück. Sie dachte daran, dass man in diesem See einmal eine Leiche in einem Koffer gefunden hatte. Als das ältere Paar vom Weg abbog und auf die Straße zuging, die zum Einkaufszentrum führte, dem anderen Einkaufszentrum, folgte sie ihnen. Auf einmal waren da viele Menschen auf der Straße. Ein ganzer Kindergeburtstag, und zwei junge Männer, die ihr hinterhersahen. Mit schwingenden Hüften ging sie weiter, zu dem anderen Einkaufszentrum, und verbrachte dort fast eine Stunde im Buchladen. Sie hatte Lust, sich in irgendeinem Gebiet besonders schlau zu machen, wusste aber nicht, was das sein könnte. Als sie zufällig die Hand nach einem Buch mit Weihnachtsbasteleien ausstreckte, griff gleichzeitig auch ein bekannter dänischer Filmregisseur danach. Sie lächelten beide, und er schwang seinen Arm in einer galanten Geste. Sie nahm das Buch und schaute hinein, ohne sich konzentrieren zu können, denn der Regisseur stand direkt neben ihr und blätterte in seinem Exemplar. Sie gingen beide zur Kasse hinunter und bezahlten das Buch und lächelten einander erneut an. »Na dann, tschüs«, sagte der Regisseur zu ihr, bevor er den Laden verließ, vor ihr und mit dem Buch in einer Plastiktüte. Ein Handschuh hing bedrohlich weit aus einer seiner Manteltaschen.

– Na dann, tschüs, sagte Susanne. Sie blieb stehen und sah ihm nach, wie er zum Taschengeschäft hinunterging, und auf halbem Weg verlor er dann auch tatsächlich seinen Handschuh. Sie wollte ihm hinterherlaufen, aber jemand anders kam ihr zuvor. Da drehte sie sich um und ging in entgegengesetzter Richtung davon, auf den Haupteingang zu. Draußen war es stockdunkel. Zum Glück stand dort ein Taxi, und sie stieg ein.

– Duelund?, sagte der Taxifahrer und sah sie im Spiegel an.

– Hmja, sagte sie, und dann wurde sie nach Hause gefahren.

Jetzt arbeitete Kim emsig am Computer, und Ester stand in der Küche und kippte eine Dose geschälte Tomaten in eine Ofenform mit bleichen Koteletts.

– Hallo, Susser, wo warst du denn?, fragte sie und lächelte, und Susanne stellte ihre Tasche auf den Boden und nahm sich einen Kaugummi aus dem Schrank.

– Im Einkaufszentrum, also dem anderen.

– In dem anderen Einkaufszentrum?, sagte Ester und hantierte mit der Pfeffermühle.

– Du warst richtig lange weg. Wir haben uns Sorgen gemacht.

Kim kam aus dem Schlafzimmer, eine Hand locker im Hosenbund verhakt, und sagte:

– Du warst *da* draußen? In der Hölle? Bist du den ganzen Weg hin und zurück gelaufen?

– Ja. Oder nein, auf dem Rückweg habe ich ein Taxi genommen.

– Du hättest doch anrufen können. Ich hätte dich abgeholt.

– Macht doch nichts.

– Was wolltest du denn da?

– Ich habe einfach ein bisschen Luft gebraucht, sagte Susanne, und Kim meinte, was für ein seltsamer Ort zum Luftholen, da gebe es doch nichts als Mangel an Luft, und Susanne zog das Weihnachtsbuch aus ihrer Tasche und erzählte von dem Filmregisseur, der offenbar auch gern in diese Hölle ging, dort, in dem anderen Einkaufszentrum.

– Er wohnt gleich in der Nähe, zum See runter, sagte Kim, griff nach dem Weihnachtsbuch und schüttelte den Kopf.

– Das braucht er sicherlich nur zur Recherche. Und was willst du damit?

Es hatte fast dreihundert Kronen gekostet, und sie hatte sich nie fürs Basteln begeistert, aber sie lächelte nur:

– Das ist ein Kleinod.

– Du spinnst doch.

Aber so ganz ohne war es dennoch nicht, dass sie *ihn* getroffen hatte. Und mit ihm kommuniziert hatte. An so einem Ort. Kim legte ihr eine Hand in den Nacken, und sie setzte sich und streckte die Beine lang. Sie war wahnsinnig hungrig nach dem Spaziergang, aber Ester hatte vergessen, den Ofen anzuschalten, und es dauerte über eine halbe Stunde, bis er aufgeheizt hatte. Sie aßen also spät zu Abend, es schmeckte gut, nur ein bisschen viel Pfeffer, Ester hustete selbst ein paarmal. Kim und Susanne schlangen unter dem Esstisch ihre Beine ineinander und lächelten sich an. Das Essen lobten sie in den höchsten Tönen.

19

– Ich finde, Kim schnarcht nachts ganz schön laut, sagte Ester eines Tages.

– Das macht er, ja, sagte Susanne. – Es ist schrecklich.

– Das kann auch gefährlich sein, sagte Ester, doch in dem Augenblick hätte Susanne nichts weniger interessieren können, denn sie war gerade dabei, Klamotten herauszusuchen, die sie zum Yoga anziehen konnte. Sie hatte sich neue Leggins gekauft, und darüber wollte sie Shorts tragen, sie hatte diese Kombination einmal in einer Aerobicsendung auf dem Sportkanal gesehen.

– Bist du sicher, dass es in Ordnung ist, dass ich die ganze Zeit mitkomme?, fragte sie.

– Ja, verdammt. Aber wir müssen erst in einer Stunde los.

– Ich weiß schon.

– Ich nehme mir einen Keks. Ich bin ganz unterzuckert.

– Ja, dann solltest du was Süßes essen.

Bis am Tag zuvor hatte es jedes Mal in Susanne gewütet, wann immer Ester den Kühlschrank aufmachte. Sie ertappte sich dabei, dass sie ganz genau hinhörte, wie viel Papier Ester von der Rolle zog, wenn sie auf der Toilette war. Wenn Ester Tee machte, gab sie in jede Tasse mindestens vier Teelöffel Zucker. Eines Tages war die Zuckertüte fast leer.

– Scheiße, wir müssen neuen Zucker kaufen, sagte Ester.

– Also ich brauche keinen Zucker, sagte Susanne.

– Aber man braucht doch wohl immer mal Zucker. Ich schreibe es gleich auf den Einkaufszettel.

Am selben Abend servierte Susanne Weihnachtspastete.

– Was ist das denn?, fragte Ester.

– Weihnachtspastete. Vom Metzger.

– Pfui Teufel.

Ester hielt sich eine Serviette vor den Mund, so als müsse sie sich gleich übergeben.

– Magst du das nicht? Dann gibt es für dich was anderes, sagte Kim und stand auf. Er holte Käse und Butter und Weißbrot und stellte alles vor Ester auf den Tisch, und sie machte sich ein Brot, mit dem Gesicht zur Wand, um ja nicht die Pastete sehen zu müssen.

– Aber Leber magst du doch, sagte Susanne. – Da ist Leber drin.

– Aber das verdammte Zeug da mag ich ganz sicher nicht.

– Da, wo ich herkomme, isst man, was auf den Tisch kommt.

– Da, wo du herkommst, isst man Steckrüben, sagte Kim.

Doch am Tag zuvor, um sieben Uhr morgens, als Susanne in die Küche gegangen war, um sich ihre Brote fürs Mittagessen zu schmieren, lagen dort sechs Eintausend-Kronen-Scheine auf der Fensterbank. Sie schaute sie an. Dann schlich sie sich ins Wohnzimmer. Ester war wach, sie hatte das Licht angeschaltet und lag auf dem Sofa und las.

– Guten Morgen, flüsterte Susanne. – Ist das dein Geld, das da in der Küche liegt?

– Nein, das ist eures. Ich will doch schließlich für all das Essen bezahlen, das ich so in mich hineinfuttere.

– Ja, aber, Ester, das ist doch viel zu viel.

– Dann bleibt eben noch was für den Rest des Jahres. Wie spät ist es denn?

– Sieben.

– Wollen wir heute Abend nicht vielleicht Plätzchen backen?

– Ja, das machen wir.

Also kaufte Susanne Zucker und Butter und Hirschhornsalz ein, aber es war dann doch wieder Kim, der auch in diesem Jahr die Weihnachtsplätzchen buk. Ester hatte Sodbrennen, und Susanne war müde. Kim dagegen hatte gute Laune, er war mit seiner Arbeit vorangekommen und wollte gerne etwas Praktisches machen.

– Ich brauche das jetzt, so ein bisschen Teig kneten, sagte er und buk so viele Plätzchen, dass es für das ganze Haus reichte und Susanne und Ester auch noch eine Dose zum Yoga mitnehmen konnten.

20

Am Vormittag des zweiten Adventssonntags saßen sie im Wohnzimmer und schusserten mit Pfeffernüssen, als Ester mit der Hand auf den Tisch schlug:

– Nein!

Susanne zuckte zusammen. Kim hob den Kopf.

– Was denn, Ester?, fragte er.

– Es kann doch nicht meine Aufgabe sein, zu ihm zu kommen. Oder?

– Du meinst Luffe? Ich fürchte fast, die Pille musst du schlucken, sagte Susanne.

– Ich gehe raus, spazieren, und denke über die ganze Sache nach, sagte Ester und stand auf und ging ihren Mantel anziehen. Sie stöhnte laut auf, und Susanne lief zu ihr und sah sie zusammengekrümmt im Flur stehen, eine Hand an ihrem Unterbauch, zischend:

– Das zieht so. Das zieht so.

– Was denn?

– Bist du blöd? Die Wehen.

– Ist das normal, dass es so weh tut?

– Es tut nicht wirklich schlimm weh. Aber es spannt.

– Kommt jetzt das Kind?

– Halt die Klappe, Susser.

Sie lächelte und richtete sich langsam auf, verteilte das Gewicht wieder ordentlich auf beide Füße.

– Ich gehe nur kurz bis zur Ecke und wieder zurück.

– Okay.

– Wenn ich zurückkomme, weiß ich, was ich tun werde.

– Sehr gut, Ester.

Ester warf die Tür ins Schloss. Susanne ging wieder zu Kim ins Wohnzimmer.

Unter normalen Umständen hätte sie wohl etwas zu ihm gesagt, als sie sich an den Tisch setzte. Jetzt tat sie es nicht. Sie saß einen Augenblick nur da, das Gesicht in den Händen vergraben, stand dann auf und schaute aus dem Fenster, Ester hinterher. Ester machte draußen auf der Straße einen weiten Schritt über etwas Braunes hinweg. Da waren zwei Autos, die wegen ihr abbremsten. Sie hob eine Hand und winkte den Fahrern zu und ging weiter, jetzt mit der Hand vor dem Körper.

Susanne hörte, wie Kim hinter ihr eine Pfeffernuss über den Esstisch rollte. Sie drehte sich nicht um, und sie sagte noch immer nichts. Am Tag zuvor hatte sie zum sie-wusste-nicht-wievielten Mal beschlossen, sie müsse sich im Schweigen üben. Sie wollte nicht immer diejenige sein, die als Erste den Mund aufmachte.

Letztes Jahr zur gleichen Zeit, als sie noch im Krankenhaus arbeitete, hatten sie wieder und wieder den gleichen Streit gehabt, über mehrere Wochen hinweg. Das nahende Weihnachten war schuld, sie war jeden Tag von der Arbeit nach Hause gekommen und hatte als Erstes im Halbdunkeln alle Fenster aufgerissen, um zu lüften. Den ganzen Dezember hatte es nach irgendetwas gestunken. Sie hatte gedacht, dass es die Plätzchen waren, die Kim jeden dritten Tag buk, oder vielleicht die Zimtstangen in der Schale, die auf dem Küchentisch stand. Der Geruch vermischte sich mit dem Zigarettenrauch aus dem Schlafzimmer, vielleicht hatte er zu dem Zeitpunkt ein andere Marke geraucht. In jedem Fall war es ein unangenehmer Geruch.

Wenn dann die frische Luft durch die Wohnung zog, hatte Kim immer im Schlafzimmer geflucht und geschimpft, weil er fror. Also musste sie die Fenster wieder schließen, obwohl der Geruch noch immer da war. So ging es ein paar Wochen lang. Am siebzehnten Dezember hatte sie schließlich zurückgerufen, er sei ja womöglich nur deshalb so verfroren, weil er den ganzen Tag auf seinem Hintern sitze und grüble, dass aber die Wohnung stinke, und das sei einfach unerträglich.

Sie erinnerte sich daran, dass es der siebzehnte Dezember gewesen war, weil sie am Abend allein zu Torbens Geburtstag gehen musste, und sie war sich auch ganz sicher, dass sie eben dieses Wort verwendet hatte, *grübeln*, denn er war vom Schreibtisch aufgestanden und hatte es wiederholt, dicht vor ihr stehend, ganz nah an ihrem Gesicht. Mit einer tiefen Stimme. Und schneidend kalt.

Sie hatte ein wenig Angst bekommen.

– Ja. Grübeln, hatte sie darauf gesagt. Und versucht, es wie eine natürliche Wortwahl klingen zu lassen.

– Du bist doch völlig leer, hatte er gesagt.

Sie wusste, dass er sich Mühe gab, sich ganz präzise auszudrücken. Er sprach auf *diese* Art und Weise, langsam, mit deutlichen Ts.

– In dir ist nichts. Du bist bloß Oberfläche.

– Ich wollte nur kurz lüften. Nur weil es hier nach irgendwas riecht.

Er hatte genickt, langsam und ausdruckslos, und gesagt:

– Du vertreibst allen Geist aus diesen Räumen.

– Geist?, hatte sie gesagt.

Er hatte wieder genickt, und dann hatte er sich abgewandt, sich angezogen und war fortgegangen. In ihr hatte sich so viel Wut entwickelt, nachdem er gegangen war. Sie musste ein Blatt Papier nehmen und es niederschreiben, »ich vertreibe allen Geist aus diesen Räumen«, sie schrieb es mit aufgebrachten Buchstaben und setzte einen Strich darunter und einen Doppelpunkt dahinter: »Weil ich so freundlich bin, zur Arbeit zu gehen und Geld zu verdienen«, »damit wir Essen kaufen können (denn Essen magst du doch, oder?)«, »ich vertreibe den Geist immer wieder, jedes Mal, wenn ich auf Zehenspitzen herumgehe, um den Herrn *Schriftsteller* nicht zu stören«, sie ließ die Buchstaben spotten, »weil ich versuche, ein klein wenig Kontakt zur Welt da draußen herzustellen«, und sie setzte ein zorniges Herz über das I in klein und klebte den Zettel mit Tesafilm an die Tür zum Schlafzimmer.

Der Zettel war weg gewesen, als sie viele Stunden später von Torbens Geburtstag nach Hause kam. Und am Weihnachtsabend, als sie auf dem Sofa saßen und die jährlichen fünf Geschenke auspackten, hatte sich herausgestellt, dass der Geruch, der sie den ganzen Dezember hindurch geplagt hatte, von einer undichten Flasche Eau de Parfum in Magnumgröße herrührte. Kim hatte sie schon im November zum Sonderpreis gekauft und hinter den Büchern im Bücherregal versteckt.

Zu Neujahr hatte sie sich vorgenommen, der Wohnung ein wenig mehr Geist zuzuführen. Wenn sie ganz ehrlich sein sollte, wusste sie nicht, wie sie das zuwege bringen sollte. Aber sie wusste, dass er Wert auf ihre Schweigsamkeit legte. Darauf, dass sie zum Nachdenken anhielt, anstatt zu plappern. Sie erinnerte sich oft daran, so zu sein, und es wirkte immer für eine Weile.

Kim war aufgestanden und hatte einen Arm um ihre Schultern gelegt, als Ester draußen auf dem Gehweg auftauchte, in der Hand einen Tannenzweig. Sie sah sie am Fenster stehen und winkte mit dem Zweig, und sie winkten zurück.

– Was sollen wir tun?, fragte Kim.

– Ich weiß nicht.

Ester knallte draußen im Flur die Tür auf. Ging, noch im Mantel, quer durchs Wohnzimmer, steckte den Tannenzweig zwischen zwei Sofapolster und setzte sich. Und seufzte. Sie standen da und sahen zu, wie sie ihre Stiefel auszog und mit den Füßen auf und ab wippte. Sie hatte eine Art Netz-Sportsocken an. Sie hatte inzwischen recht viel Wasser im Körper. Sie sagte, dass sie, wenn Luffe sich nicht bis zum dritten Adventssonntag bei ihr gemeldet hätte, auf die ganze Sache scheißen und zu ihrer Mutter ziehen würde.

– Sie freut sich jedenfalls wie blöd, wenn ich da raus ziehe, sagte Ester.

– Vielleicht ist das eine richtig gute Idee, sagte Susanne und nickte ein paarmal und fuhr fort:

– Obwohl es natürlich verdammt traurig sein wird, wenn du ausziehst.

Dann machte sie ein unglückliches Clownsgesicht mit Schmollmund und schiefgelegtem Kopf, mit dem Zeigefinger markierte sie eine Träne auf der Wange. Kim sah sie an, und sie zog den Finger zurück und richtete sich auf.

Kim ging zum Sofa und nahm den Tannenzweig und schlug Ester im Scherz auf die Schulter.

– Aber du kannst ja auch nicht für alle verdammte Ewigkeit hier wohnen bleiben, du fette Kuh, sagte er und lächelte.

– Kim. Dich mag ich, sagte Ester und griff nach dem anderen Ende des Zweigs.

Dann hatten sie zu Mittag gegessen, und danach sollte etwas geschehen. Es war Kims Vorschlag, eine Spazierfahrt zu machen.

– Eine kleine Sonntagsfahrt, sagte er, und Ester klatschte über ihrem Bauch in die Hände und fragte mit langen As und Es:

– Ja, können wir ans Meer fahren? Können wir raus ans Meer fahren?

– Ja, klar können wir ans Meer fahren, sagte Kim, und schon war Ester fertig angezogen und musste dann noch ein wenig an der Tür stehen und warten. Denn Kim musste noch auf die Toilette und danach den Computer herunterfahren, und im Wohnzimmer brannten noch immer die Kerzen am Adventskranz, das hätten sie beinahe vergessen. Susanne blies sie aus und setzte Spuckefinger an den Docht, damit sie aufhörten zu qualmen. Kim suchte nach den Autoschlüsseln und fand sie oben auf dem Brotkasten.

Sie gingen hinaus zum Auto.

Und Ester konnte sich auf gar keinen Fall auf die Rückbank quetschen, in ihrem Zustand. Sagte Kim, und da hatte er Recht. Selbstverständlich musste sie vorne sitzen, mit reichlich Platz für die geschwollenen Füße und den Kugelbauch. Susanne machte sich ganz klein und kletterte nach hinten, das Auto war ein Dreitürer, so ganz einfach war das nicht.

– So, ich sitze, sagte Susanne, und der Sitz wurde mit einem Klonk nach hinten geschoben, und Ester setzte sich auf den Beifahrersitz. Kim warf ihre Tür zu und stieg neben ihr ein.

– Ich halte den Gurt einfach so, sagte Ester und hielt den Sicherheitsgurt mit beiden Händen vor ihren Körper, sie konnte ihn so gut wie nicht schließen, und wenn doch, dann würde es zu sehr weh tun, sagte sie.

Sie fuhren.

Und Susanne konnte nicht einmal die Hälfte des Gesprächs hören, das vorne geführt wurde. Zuerst versuchte sie es noch. Sie streckte den Kopf zwischen die Vordersitze und fragte:

– Was? Was sagt ihr?, jedes Mal, wenn sie etwas sagten.

Aber sie hörten ihre Was-Fragen nicht. Sie lehnte sich zurück. Die Heckscheibe beschlug.

21

Da war auch noch eine dritte tröstende Vorstellung, und das war die Einrichtung der Wohnung, wenn sie dort allein wohnte. Sie würde streichen und einen neuen Esstisch anschaffen. Sie hätte weiße Tassen mit blauen Streifen. Doch sobald sie die Tassen vor sich sah, musste sie sich einen Samstagmorgen vorstellen, sie allein an diesem Esstisch. Wo sie zu Anfang noch ganz munter wäre und allerlei Pläne schmieden würde für den Tag. Bis die Stille und der Gedanke an die unzähligen Möglichkeiten sie völlig erschöpften.

Vielleicht brauchte sie die Begrenzung. Sie wusste nicht, was es sonst war.

Im Radio hatte einmal irgendein Idiot vorgeschlagen, man solle eine Liste machen, mit Plus- und Minuspunkten. Sie war das Wochenende über allein zu Hause gewesen, und alles türmte sich um sie herum auf. Sie hatte eine ganze Weile darauf verwendet, den richtigen Kugelschreiber und das richtige Papier zu suchen, den Kugelschreiber hatte sie in ihrer Tasche gefunden, und nach dem Papier hatte sie in Kims

Schubladen gesucht. Sie hatte alles mögliche andere gefunden, nur kein geeignetes Papier, und die Suche hatte einen guten Teil des Sonntagvormittags gedauert. Als sie dann endlich am Tisch saß, das Papier vor sich, hatten die Wörter lächerlich ausgesehen, und sie waren auch nicht passend und erfassend gewesen. Denn er war nicht nur »anstrengend« oder »depressiv« oder »ein Scheißkerl«, er war auch das genaue Gegenteil und all das dazwischen, vor allem war er anders als sie, obwohl er auch ganz gleich war.

Das Telefon hatte geklingelt, während sie über ihrer Liste brütete, und da war er am anderen Ende gewesen, und er war sauer gewesen. Sie hatte gefragt, warum er anrufe, wenn er sauer sei. Er sei nicht sauer, sagte er, aber jetzt würde er es wohl werden. Dabei habe er richtig gute Laune gehabt, aber er könne ja hören, dass sie sauer sei, und deshalb würde er jetzt auflegen.

Das tat er auch.

Sie nahm das Papier und schrieb »ruiniert mein Leben« auf die Minusseite.

Dann rief er erneut an und entschuldigte sich. Das passierte nicht sonderlich oft, und sie hielt mit beiden Händen den Hörer fest. Ihre Stimme wurde warm. Als sie sich verabschiedet hatten, drehte sie das Papier um und schrieb: »Ein gutes Gespräch bringt doppelte Freude in einer sonst freudlosen Beziehung.« Sie knüllte das Papier schnell zusammen. Sie meinte es nicht so.

Da war das Problem, dass sie nach einer Weile allein anfangen würde, etwas zu vermissen. Sie würde die Zeit nicht mit blaugestreiften Tassen ausfüllen können, oder mit Telefonaten. Mit wem? Sie wusste sehr wohl, dass auch der Tag käme, an dem sie die Stille hasste. Sie würde einen sprechenden Mann brauchen, eventuell mehrere. Einen, der etwas ausrichten konnte, auf die eine oder andere Art. Das Problem war, dass sie es nicht schaffte, sich einen anderen zu suchen. Und wenn sie es schaffte, wäre es auch nur eine Frage der Zeit, bis sie wieder anfing, über ihrem Morgenkaffee Nachrufe zu formulieren.

Das alles war alles andere als neu.

Das einzig Neue war Esters Anwesenheit, und die machte alles viel schlimmer und gleichzeitig auch ein bisschen besser als seit langem.

Als sie den kleinen Hafen im Norden erreichten, parkte Kim am Kai, ging einmal herum und öffnete die Tür für Ester. Susanne musste selbst zusehen, wie sie den Sitz nach vorne bugsiert bekam, als Ester ausgestiegen war. Kim schloss das Auto ab und legte den Arm um Ester. Sie gingen hinüber zur Mole und auf diese hinaus, und Susanne ließ sich zurückfallen, mit Wind in den Augen, der Hals ganz zugeschnürt.

Kim und Ester standen da und sahen aufs Meer hinaus. Susanne konnte an ihren Hinterköpfen sehen, dass sie sich unterhielten. Sie öffnete den Mund so weit wie nur möglich, sog Luft ein, atmete aus, um die Spannung zu lösen. Da stieg neben ihr ein Geruch von Zigarettenrauch auf, und sie drehte sich um und sah einen Mann an eine Badehütte gelehnt dastehen und rauchen. Sie nickte ihm zu und lächelte, und das Lächeln dieses Grußes setzte sich in ihr fest und machte es ihr ein wenig leichter, sich den beiden anderen zu nähern.

Auf dem Weg zurück zum Auto hakte sie sich bei Ester ein und ließ ihre Stimme rein und klar klingen, sie wusste, dass Kim das mochte. Sie sprach mit präziser Diktion, sagte etwas über das Meer und das Bedürfnis des Menschen, es zu sehen und zu erleben, »ja, zum Teufel auch«, sagte Ester, und schon *da* ging es viel besser. Als sie aber das Auto erreichten, war es wieder Susanne, die sich auf die Rückbank quetschen musste, ohne die kleinste Chance, sich an dem Gespräch zu beteiligen, das sie vorne führten.

22

Am Montagmorgen brach sich Ester das Handgelenk, und es gab ein riesiges Durcheinander. Denn es war bereits nach halb neun, und Susanne musste dermaßen zur Arbeit. Sie zog gerade ihre Jacke an, und da rumste es im Badezimmer, Ester schrie.

– Ester, rief Susanne und riss an der Tür, die allerdings verschlossen war, und Kim kam aus dem Schlafzimmer angerannt, in Unterhosen, und stemmte sich mit der Schulter dagegen, bis es im Türrahmen krachte. Ester jammerte dort drinnen.

Dann gaben Tür und Rahmen nach. Kim schnaufte. Ester lag splitternackt in einer seltsam verdrehten Stellung vor der Toilette, mit der einen Hand hielt sie die andere an die Brust über dem großen Bauch. Der Boden war klatschnass.

– Ist es das Kind? Ist es das Kind?, rief Kim, und Ester zischte ihn an:

– Neiheinverdammt, neiheinverdammt.

– Siehst du nicht, dass sie gestürzt ist?, sagte Susanne.

– Ist es das Kind? Kim rief noch immer, bis Susanne ihn zum Verstummen brachte:

– Jetzt halt doch die Klappe, du siehst doch, dass sie gestürzt ist,

sie griff hinter sich nach einem Handtuch und legte es über Esters Bauch, Kim lehnte sich vor, ganz weiß im Gesicht:

– Ist die Fruchtblase geplatzt? Hast du dich am Bauch gestoßen?

– Jetzt halt doch die Klappe, zischte Ester.

– Hilf mir, sie hochzubekommen, sagte Susanne, und schließlich schafften sie es, mit Ächzen und Stöhnen, Ester nach oben zu ziehen und zu schieben und sie ins Wohnzimmer und aufs Sofa zu schleppen. Ihre eine Hand blieb dabei vor der Brust liegen, sie sah seltsam aus.

– Sie ist gebrochen, sagte Ester und begann zu weinen.

– Ja, das ist sie wohl, sagte Susanne, denn da bestand kein Zweifel. Sie saß in einem verkehrten Winkel am Arm.

– Das wissen wir doch nicht sicher, sagte Kim. – Kann sein, dass sie nur ausgerenkt ist.

Susanne wandte sich zu ihm um, eine Augenbraue hochgezogen:

– Geh und hol meinen Bademantel. Ester muss ja was anziehen,

und er lief los, Susanne legte eine Hand auf Esters Schulter und hatte selbst Tränen in den Augen.

– Jetzt kann ich nicht entbiiiinden, weinte Ester.

– Warum denn nicht? Du entbindest doch nicht mit dem Arm, sagte Susanne und fing an, Ester vorsichtig in den Bademantel zu helfen, während Kim einfach nur dastand, noch immer ganz verschlafen aussehend, mitten im Raum:

– Was soll ich machen?, fragte er.

– Meinst du, du schaffst es bis zum Auto?, sagte Susanne zu Ester, die noch immer weinte:

– Nein, niemals, ich kriege auch den Arm nicht hier rein, ich kann mich nicht anziehen. Ich will nicht ins Krankenhaus, ich will Luffe nicht sehen.

– Ruf einen Krankenwagen, sagte Susanne zu Kim. – Sie muss im Liegen transportiert werden.

– Soll ich jetzt anrufen? Was soll ich sagen?

– Ich mache es selbst.

Sie rief an, und es wurde still hinter ihr. Ester weinte nicht mehr. Sie saß da und schaute auf einen Punkt irgendwo links auf dem Fußboden, die Hand gegen die Brust gepresst. Sie hatte den Bademantel zur Hälfte an.

– Sie kommen gleich, sagte Susanne, als sie aufgelegt hatte.

– Was ist mit Esters Haaren?, fragte Kim.

– Ja, was soll denn sein?

– Sie sind klatschnass. Können wir sie nicht trocken föhnen?

Susanne schüttelte den Kopf und sah auf die Uhr.

– Ich weiß nicht, Kim.

Es waren nur sechs Minuten vergangen, seit Ester gestürzt war. Der Krankenwagen würde innerhalb von zehn Minuten da sein. Susanne könnte mit ins Krankenhaus fahren, und von da weiter mit dem Taxi. Sie musste in einer Zweizimmerwohnung putzen, wo es immer auch schon vorher vollkommen sauber war. Ein staatlich autorisiertes Wirtschaftsprüferpaar wohnte dort. Sie hatte einen Zeitungsartikel über durchschnittliche Einkommen gesehen und sich gefragt, weshalb die beiden wohl in *dieser* kleinen Wohnung wohnten. Bis auf das Sofa sah alles sehr unbenutzt aus. Vielleicht waren sie viel auf Reisen. Sie würde ohne Probleme diese und die Nachmittagswohnung schaffen, wenn sie die Mittagspause ausfallen ließ. Andererseits konnte sie Ester auch nicht im Krankenhaus allein lassen.

Jetzt hatte Kim den Föhn an die Steckdose neben dem Sofa angeschlossen und schaltete ihn an, Ester starrte noch immer auf den Punkt auf dem Fußboden, während Kim anfing, ihre Haare zu föhnen. Susanne drehte sich zum Fenster, doch da brüllte Ester durch den Lärm hindurch:

– Au, verdammt noch mal, hör doch auf.

Susanne drehte sich wieder um.

– Was machst du? Lass sie doch.

– Er hat mich gebrannt.

– Jetzt hör doch auf, Kim.

Sie ging ihre Jacke holen, die im Flur auf dem Fußboden lag. Sie nahm auch Esters Mantel mit, und dann holte sie noch ihre Telefonliste aus dem Schlafzimmer. Als sie ins Wohnzimmer zurückkam, war der Krankenwagen schon vor dem Haus vorgefahren.

Im Krankenwagen saß sie auf einem Sitz neben der Krankenliege und lächelte Ester an. Der Sanitäter saß neben ihr. Ester lächelte zurück und wimmerte.

– Ja, das ist eine unschöne Sache, besonders mit dem Kleinen im Bauch, sagte der Sanitäter.

– Es tritt auf jeden Fall ganz kräftig, sagte Ester und beugte ihren Kopf ein klein wenig in Richtung Bauch.

– Ach, die halten schon so einiges aus, sagte der Sanitäter. – Wir hatten mal eine, die aus dem Dachgeschoss gestürzt ist.

– Wirklich?

– Es ist kaum was passiert. Und das Kind dürfte heute drei Jahre alt sein.

– Ja, und ich bin gar nicht auf dem Bauch gelandet, sagte Ester. – Ich bin nur auf der Hand gelandet.

– Das sieht man, sagte der Sanitäter.

Auf der Unfallstation warteten viele Menschen. Ester wurde in ein Krankenhausbett verfrachtet und fast sofort von einem Arzt untersucht. Danach bat man sie zu warten, man musste ein Röntgenbild machen. Sie bekamen gesagt, dass es eine Weile dauern könne. Das Bett wurde in einen kleinen separaten Raum geschoben.

– Du kannst ruhig arbeiten gehen, sagte Ester mit dünner Stimme.

– Nein. Ich bleibe hier bei dir. Ich muss nur anrufen und absagen.

– Geht das denn? Das ist verdammt lieb von dir.

– Ich gehe gleich anrufen. Ist das okay?

– Klar.

Sie ging durch den großen Warteraum und hinaus zu dem Glashäuschen mit dem Münztelefon. Den Junggesellen, bei dem sie am Nachmittag hätte saubermachen sollen, erreichte sie sofort. Er war Journalist und lebte in einem fürchterlichen Saustall. Sie hatte immer das Gefühl, irgendeine Art von Alibifunktion zu erfüllen, wenn sie in seiner Wohnung putzte. Sie machten aus, dass sie stattdessen am Freitag kommen würde.

Bei den Staatsautorisierten im Büro war besetzt. Sie versuchte es noch drei Mal, dann packte sie die Telefonliste wieder in ihre Tasche und ging ein wenig in dem Glashäuschen auf und ab. Sie schaute ins Wartezimmer hinüber, zu den Verletzten und ihren Angehörigen. Sie sahen allesamt aus, als meinten sie, selbst als Allererste an die Reihe kommen zu müssen. Eine ältere Dame mit steifem Bein. Eine Mutter mit ihrem Sohn, dem sie fest ein Stück Stoff gegen den Hinterkopf presste. Ein Mann im Arbeitsoverall mit eingetrocknetem Blut an den Fingernägeln. Da war auch ein älteres Paar, das Karten spielte. Die Frau hatte einen scheußlichen Husten. Es sah so aus, als fühlten sie sich zu Hause.

Sie rief erneut an, und dieses Mal kam sie durch. Sie verabredeten, dass sie einfach in der nächsten Woche wieder kommen würde.

Ester hatte einen klassischen Doppelbruch am Handgelenk. Sie bekam eine lokale Betäubung, bevor man die Hand wieder in ihre normale Position brachte. Die Spritze wirkte gut, Ester gab keinen Laut von sich. Die Hand und der Unterarm wurden eingegipst. Das Ganze war in weniger als einer Stunde geschehen. Doch währenddessen klagte sie mehrfach über Übungswehen, und so wurde sie zur Sicherheit auch noch zur gynäkologischen Ambulanz hinübergeschickt, wo man ein CTG machen würde.

Dort mussten sie eine ganze Weile warten. Ester döste vor sich hin, und so ging Susanne kurz hinaus, an die frische Luft und um Bonbons zu kaufen. Beim Kiosk angekommen, sah sie an der Theke einen Rücken, der aussah wie Luffes. Er hielt mit einer dicken Dame Händchen. Sie eilte schnell wieder hinaus und um eine Ecke, wo sie sich ganz dicht an die Wand drückte und wartete. Es war tatsächlich Luffe, und er küsste die Frau, bevor sie auseinandergingen, direkt vor dem Kiosk, mit Zunge und allem.

Alles war normal, die Übungswehen waren nur ein Zeichen dafür, dass es auf die Geburt zuging. Ester stand in einer Tür, mit einem breiten Lächeln und im Gespräch mit einer Krankenschwester, als Susanne zurückkam.

– Susser, ich bekomme was zu essen. Es gibt gebratenen Schweinebauch, sagte sie, und an die Krankenschwester gewandt:

– Susser war früher auf der A3 in der Küche.

– Es kommt mir auch so vor, als hätte ich euch beide schon mal gesehen, sagte die Krankenschwester, aber Susanne hatte *sie* noch nie gesehen, es konnte also nicht stimmen.

Dann wurde das Essen für Ester geholt, man bot auch Susanne etwas an, aber sie lehnte dankend ab, und Ester aß mit großem Appetit die kleinen Stückchen Fleisch, die Susanne für sie schneiden musste. Ihre Kartoffeln zerdrückte sie selbst mit einer Hand.

Sie riefen Kim an, und Ester ging hinaus auf den Parkplatz, mit dem einen Arm in einer Schlinge und mit dem anderen bei Susanne eingehakt. Sie hatte ihren Mantel über die Schultern gelegt und trug darunter den Bademantel.

– Danke für deine Hilfe, sagte Ester.

– Nichts zu danken.

– Vielleicht hat Luffe den Schweinebauch gebraten. Hallo, Kim.

– Wohl kaum, oder?, sagte Susanne.

Sie konnten sie unmöglich länger auf dem Sofa schlafen lassen, es war einfach nicht breit genug, denn Ester musste ihren rechten Arm auf zwei großen Kissen ablegen. Also überzogen sie, wieder zu Hause, gemeinsam das Doppelbett für sie und richteten auch einen Nachttisch für ihre Getränke und Lesestoff her. Nicht weil sie in dem Sinne krank war, aber sie war müde und wollte sich gerne hinlegen.

Während Kim das Laken aufzog, stand Ester die ganze Zeit am Fußende des Bettes und machte einen schiefen Mund:

– Es tut mir verdammt leid, dass ich euch aus eurem Schlafzimmer jage.

– Mach dir da mal keine Gedanken.

– Ich werde auch mucksmäuschenstill sein, wenn du arbeitest, Kim.

– Das wird schon gehen.

In der Nacht lag Susanne auf dem Sofa, Kim davor auf einer Isomatte auf dem Boden. Sie konnten beide nicht einschlafen. Sie wälzten sich herum. Sie lag mit offenen Augen da und sah ihn an, bis seine Gesichtszüge ganz verzerrt waren. Sie schauderte. Ein Laut entfuhr ihr.

– Was ist?, fragte er.

– Nichts.

Er streckte seinen Arm zu ihr hinauf, und sie nahm seine Hand, die warm war. Sie hüllte ihre Hand in seine.

– Was wollen wir an Weihnachten machen?, fragte sie.

– Nicht jetzt, sagte er.

– Morgen ist der Siebte. Wann kommt Bo nach Hause?

– Ich will schlafen. Erst an Silvester.

– Ich will wirklich gerne etwas machen.

– Dann fahr doch zu Torben und Jane.

Sie ließ seine Hand los:

– Du bist ganz schön fies.

– Ja.

Er wälzte sich wieder herum, stöhnte:

– Ach, verflucht noch mal, das ist doch kein Zustand.

Es dauerte noch über eine Stunde, bis sie schließlich einschlief. Hier im Wohnzimmer konnte man die Uhr in der Wohnung über ihnen schlagen hören. Sie schlug jeweils zur halben und zur vollen Stunde. Sie hörte genau hin, ob nicht auch um Viertel vor und Viertel nach kleine Klingklong-Klänge kämen, aber dem war nicht so. Der letzte Schlag, den sie hörte, zeigte halb drei an.

23

Am Morgen rief Luffe an.

Susanne stand am Esstisch und zog sich an, Kim schlief noch immer. Er fuhr auf, heftig atmend, als das Telefon ertönte.

Sie nahm den Hörer ab, bevor es ein weiteres Mal klingelte.

– Hallo, Susanne hier.

– Ja, hier ist Luffe. Es geht um Ester.

Seine Stimme klang überraschend warm und mild. Susanne konnte sich überhaupt nicht erinnern, dass er so sprach. Vielleicht hatte sie ihn noch nie wirklich etwas sagen hören.

– Ja, guten Morgen.

Sie stand mit dem Rücken zu Kim. Draußen war es noch immer recht dunkel.

– Ich habe gehört, dass Ester sich den Arm gebrochen hat.

– Das stimmt, gestern. Sie ist gestürzt. Im Badezimmer.

– Sie wohnt bei dir, oder?

– Ja, sie ist bei uns.

– Geht es ihr soweit gut?

– Ja, es geht ihr gut. Oder, naja, so ganz einfach ist es ja nicht.

– Ja.

– Ihr solltet miteinander reden.

– Sie will nicht mit mir sprechen.

– Doch, ich glaube schon, dass sie das will. Soll ich sie nicht vielleicht holen?

– Nein, lieber nicht.

– Na, aber, ich kann doch schnell rübergehen und sie holen.

– Nein, bitte nicht. Ich wollte nur kurz hören.

– Ja, aber, kann sie dich nicht anrufen? Kann sie dich zu Hause erreichen?

– Nein, ich bin bei der Arbeit. Aber grüß sie von mir.

– Kannst du nicht heute Abend noch mal anrufen?

– Sag ihr, dass sie gerne anrufen kann.

– Das werde ich machen.

– Ja, na dann, tschüs.

– Tschüs.

Sie wandte sich zu Kim um.

– Das war Luffe.

– Nicht wirklich, oder? Das ist ja nun ein verdammt seltsamer Zeitpunkt, um anzurufen.

– Ich glaube, er hat es gerade erfahren. Er war bei der Arbeit.

– Warum wollte er nicht mit ihr sprechen?

– Das weiß ich nicht. Vielleicht ist das so ein Spiel. Ich gehe mal Kaffee machen. Schlaf ruhig weiter.

– Ich kann jetzt nicht schlafen.

– Susser, rief Ester aus dem Schlafzimmer, und Susanne zog sich ihre Socken an und ging zu ihr hinüber. Sie lag da wie am Abend zuvor, als sie Gute Nacht gesagt hatten, auf dem Rücken, mit dem Gipsarm auf zwei Kissen. Der Arm zeigte steil nach oben, er sah aus wie ein kleines eigenständiges Wesen. Esters Gesicht zeigte weg vom Arm, so als wolle sie nichts mit ihm zu tun haben.

– Guten Morgen. Das Telefon hat geklingelt, sagte Ester.

– Ja.

– War es Luffe?

– Ja.

– Hatte er das mit meinem Arm gehört?

– Ja. Hatte er.

– Aber er wollte nicht mit mir sprechen. Er wollte nur mal hören.

– Er war bei der Arbeit.

– Er hat gesagt, dass ich heute Abend anrufen kann.

– Ja. Das hat er gesagt.

– Das kann er aber gleich mal vergessen. Hilfst du mir beim Aufstehen?

– Warum bleibst du nicht liegen?

– Geh mit aufs Klo, dann siehst du, warum.

– Ich finde, du solltest ihn anrufen.

– Verdammt noch mal, nein. Guten Morgen, Kim.

– Guten Morgen, wie geht es dir?

– Wenn ich ein Pferd wäre, würde man mich nach draußen zerren und erschießen.

– So was würde ich niemals tun, sagte Susanne.

– Klar würdest du, sagte Kim und schlüpfte vor Ester ins Badezimmer und schloss die Tür ab, Ester schnaufte und stützte sich gegen den Türrahmen und polterte los:

– Ich mach dich einen Kopf kürzer, Kim.

– Womit denn?, erklang es von dort drinnen.

– Ha, ha, sagte Ester, und zu Susanne:

– Musst du nicht zur Arbeit?

Susanne *musste* zur Arbeit.

Sie fuhr mit dem Rad herum.

Der Wind blies durch sie hindurch.

Den ganzen Tag über hatte sie das Gefühl, dass ihr Gesicht spannte. Das Gefühl kam und ging und nahm am späten Nachmittag zu, als sie freihatte und zu Hause die Wohnungstür öffnete. Alles war stockdunkel, nur im Schlafzimmer war Licht. Kim saß am Computer und schrieb. Ester lag direkt neben ihm, im Doppelbett, und schlief. Ihre Gesichtszüge sahen im Licht der Schreibtischlampe rein und mild aus.

Die Augenlider waren ganz glatt. Die Atemzüge ruhig.

Sie stand in der Tür. Kim wandte sich zu ihr um und legte einen Finger auf die Lippen und lächelte. Das Lächeln wirkte ganz vorsichtig, als glaube er, es könne sonst Ester aufwecken.

Sie nickte ihm zu, ohne zu lächeln. Sie ging durch die Wohnung und schaltete das Licht an und sah sich selbst im Spiegel im Flur. Die Wangenknochen sahen aus wie immer, aber sie fühlte sich ausgemergelt und dem Weinen nahe. Als sie sich an den Abwasch machte, ließ sie die Tränen laufen und laufen, direkt ins Spülwasser.

Ester wachte um Viertel nach fünf auf. Susanne konnte ihre Stimmen von dort drinnen hören. Es klang, als spreche Ester unter einer Decke. Kim lachte. Dann knarrte das Bett und danach der Fußboden, und Ester ging über den Flur in Richtung Badezimmer und blieb auf halbem Weg stehen:

– Hallo, Susser.

– Hallo, Ester.

Sie schälte jetzt Kartoffeln. Da waren viele dunkle Stellen an den Kartoffeln. Sie hatte irgendwo gelesen, dass man das »Maschinenschaden« nannte. Damit musste die Maschine gemeint sein, die die Kartoffeln aus der Erde holte.

– Stimmt irgendwas nicht?

Sie spürte, wie Ester ihren Rücken ansah. Sie hob eine Kartoffel über ihrem Kopf in die Höhe, ohne diese anzusehen, und ließ ihre Stimme hart klingen:

– Scheißkartoffeln.

– Sind sie angefault?

– Nein. Aber sie haben lauter braune Stellen.

– Na. Solange sie nicht grün sind.

Ester ging auf die Toilette, und eine halbe Stunde später, als sie beim Abendessen saßen, spießte Ester eine Kartoffel auf ihre Gabel und betrachtete sie.

– Die sieht doch gut aus. Ist doch vollkommen in Ordnung.

Sie schüttelte sie von der Gabel auf ihren Teller, zerdrückte sie mit der einen Hand und sah Susanne an, bevor sie zu essen begann:

– Aber du schaust aus wie ein Eimer Scheiße. Hast du geweint? Du schaust ganz plierig aus.

– Ich bin nur müde.

– Darf ich das Wort mal verwenden?, fragte Kim.

Am Abend sahen sie fern. Ester sperrte sich noch immer dagegen, Luffe anzurufen. Sie saß in dem weißen Sessel, der Gipsarm ruhte auf ihrem Bauch. Kim und Susanne lagen auf dem Sofa, jeder an seinem Ende. Niemand sagte etwas. Um halb neun klingelte das Telefon. Susanne stand auf. Bevor sie noch den Hörer abnehmen konnte, fuhr sich Ester mit einem gestreckten Zeigefinger über den Hals und schüttelte den Kopf.

Es war Torben. Er hatte am Freitag in der folgenden Woche Geburtstag und wollte zum Glühweintrinken einladen. Jane hatte Dienst, aber sie könnten ja trotzdem kommen. Er klang, als würde er es nicht so meinen. Wir kommen gerne, sagte Susanne, und auch sie meinte es nicht so, jedenfalls wusste sie nicht, ob *wir* es meinten.

24

Sie würde ein wenig Geld ausgeben und von zu Hause wegbleiben, bis man sie dort vermisste. Es war mehrere Jahre her, dass es ihr so gegangen war. Tatsächlich war das sehr lange her, damals, als sie gerade zusammengezogen waren. Kim hatte immer so viele Verabredungen in seinem Kalender stehen gehabt. Er war voll von Unterstreichungen und Notizen. Sie schaute hinein, wann immer sich die Gelegenheit bot. Sie schaute auch in seinen alten Koffer mit den Briefen. Es war eine unerträgliche Lektüre. Er hatte nicht so furchtbar viele Frauen gekannt, aber die, die es da gegeben hatte, waren begabte Briefschreiberinnen. Sie wirkten auch alle sehr verliebt. In dem Koffer lagen noch andere Dinge, die sie niemals hätte sehen sollen. Er hatte sich einmal bei der Kunstakademie beworben und eine Absage kassiert. Das hatte er ihr nie erzählt, und so musste sie sich immer daran erinnern, dass sie davon gar nichts wusste. Sie hatte keine Ahnung, mit welcher Form von Kunst er sich beschäftigt hatte.

Er war einmal so unternehmungslustig gewesen. Er hatte gesagt, dass sie einander nicht in Beschlag nehmen dürften, nur weil sie zusammengezogen seien. Natürlich nicht, hatte sie gesagt, und sie war selbst der Meinung, dieses Versprechen gehalten zu haben. Sie hatte sich auch einen Kalender angeschafft. Darin hatte sie sämtliche Tätigkeiten und Pläne in Kulturdingen notiert. Eine kurze Zeit lang hatte sie, um ihre Aktivität zu erhöhen, viele alte Bekannte aus der Studienzeit besucht, obwohl sie absolut nicht wusste, worüber sie mit ihnen reden sollte.

Dennoch konnte sie ihm nicht das Wasser reichen. Ihr fiel auf, dass immer sie diejenige war, die als Erste nach Hause kam. Sie fürchtete, er könne den Eindruck bekommen, sie sei überhaupt nicht weg gewesen.

Damit hatte damals die Phase begonnen, in der sie ein wenig ziellos umherstreifte. Das kostete sie einiges an Geld, denn sie musste in der Stadt etwas zu essen und Kaffee kaufen. Es kam vor, dass sie zurückkam und er noch immer nicht zu Hause war. Zwei Mal ging sie dann wieder weg. Das eine Mal ging sie ins Kino, und das andere Mal fuhr sie S-Bahn, bis ihr eine Gruppe junger Burschen mit einem Messer Angst einjagte. Sie stieg aus und rief zu Hause an, und zum Glück war er inzwischen heimgekommen. Sie sagte, dass ein paar junge Typen sie eingeschüchtert hätten, und er regte sich abwechselnd auf und beruhigte sie. Er sagte, er würde sie an der Haltestelle abholen, wenn sie jetzt nach Hause käme. Ob sie das jetzt nicht bitte tun könne?

Sie konnte nicht sagen, wann er aufgehört hatte auszugehen. Vielleicht war das damals gewesen, als er mit dem Buch angefangen hatte. Er hatte von »Arbeitsruhe« gesprochen, und davon, »sich übergangsweise zu zwingen«. Das lag inzwischen schon einige Jahre zurück. Jetzt war ihr Leben in vielerlei Hinsicht so, wie sie es sich im innersten Inneren immer gewünscht hatte. Sie saßen die meiste Zeit zu Hause. In diesem Jahr hatte er nicht einmal einen Kalender gehabt.

Am Donnerstag nahm sie zur Arbeit Kleider zum Wechseln mit. Sie steckte auch Haarspray und eine Zahnbürste ein. Als sie mit der Kommunistenwohnung fertig war, zog sie sich um, machte ihre Haare und frischte ihr Make-up auf. Sie schlug die Wohnungstür hinter sich zu und ging zu ihrem Fahrrad. Schob das Rad durch die Stadt und stellte es in der Nähe einer Telefonzelle ab. Von dort rief sie zu Hause an. Sagte, dass sie Verschiedenes zu erledigen habe, da sei eine Ausstellung, die sie gerne sehen wolle, und »es ist ja bald Weihnachten«. Kim klang überrascht, aber seine Stimme war munter. Sie sagte nichts von Abendessen oder wie spät es wohl werden würde.

Die Ausstellung war schnell überstanden. Sie kaufte einen Katalog, für den Fall, dass er irgendwelche Fragen stellen würde. Danach trank sie in der obersten Etage eines großen Kaufhauses Glühwein und aß dazu zwei Waffeln. Sie kaufte keine Weihnachtsgeschenke. Da waren ja auch nicht so viele, die sie beschenkte. Eigentlich waren da nur Kim und dann vielleicht Ester. Nur eine Kleinigkeit. Torben und Jane schenkten sie nichts zu Weihnachten und sie bekamen auch umgekehrt nichts von ihnen, aber sie kaufte ein Unterhemd, das Torben zum Geburtstag bekommen könnte, wenn denn aus Freitag nächster Woche etwas werden würde.

Sie trank noch ein zweites Glas Glühwein und ging hinunter auf die Straße. Es hatte angefangen zu schneien. Große Flocken fielen ihr ins Gesicht, und von irgendwoher kam Musik. Sie kaufte auf einem Platz einen Strauß Hyazinthen und konnte den Strauß die ganze Zeit riechen, während sie weiterging. Da waren überall Lichter. Ganz gleich, wo sie auch hinsah, so schien ihr, waren da Lichter und ein Gesicht, das sie anlächelte. Sie blieb an einem kleinen Stand stehen und kaufte mehr Glühwein und trank ihn im Stehen. Ging weiter. Lächelte selbst.

Sie ging und ging. Sie hörte Glocken klingen und dachte, alles würde jetzt anders werden, zumindest eine Zeitlang. Sie schaute in Schaufenster, ohne sich irgendetwas zu wünschen, und es schneite weiter und weiter. Die Stiefel waren für Schnee eher ungeeignet, aber sie drückten nicht mehr.

Schließlich war sie so weit gegangen, dass sie sich in einem ganz anderen Stadtteil wiederfand. Es fühlte sich so an, als könne sie noch lange so weiterlaufen. Trotzdem ging sie durch ein Tor und die Treppen zur Yogaschule hinauf. Sie dachte nicht wirklich nach. Sie fand nur, sie könne kurz Bescheid geben, wenn sie doch gerade in der Nähe war.

25

Sie lauschte an der Tür. Dort drinnen war es ganz still. Der Umkleideraum aber war voller Mäntel und Taschen, die Frauen mussten also schon gekommen sein. Vielleicht waren sie mitten in der Entspannungsübung.

Sie sah auf ihre Uhr. Es war später, als sie gedacht hatte. Sie drehte sich um und schaute aus dem großen Fenster am Ende des Gangs. Es schneite noch immer von einem schwarzen Himmel. Ganz oben auf einem hohen Gebäude am Wasser stand ein Weihnachtsbaum und leuchtete. Sie verspürte keine Angst, vor nichts. Sie hatte Lust, noch mehr zu trinken. Es knarrte hinter ihr, und als sie sich umwandte, kam Dennis aus dem Übungsraum. Er lächelte und ging auf sie zu.

– Hi, sagte er.

– Hallo. Ester hat sich das Handgelenk gebrochen.

– Ja, das hat sie erzählt.

– Du *hast* schon mit ihr gesprochen?

– Sie hat um kurz vor sieben angerufen.

– Ah, okay. Ich wusste nicht, ob sie es noch rechtzeitig geschafft hat.

– Das hat sie. Willst du mitmachen?

Er wies mit dem Daumen hinter sich in Richtung Übungsraum.

– Seid ihr nicht gleich fertig?, fragte Susanne.

– Ähm, ja. Richtig, das sind wir.

– Ich wollte nur das mit Ester sagen. Und ich komme dann auch nicht mehr.

– Heute ist auch das letzte Mal. Aber ich habe einen Kurs, zu dem du nach Neujahr kommen könntest.

– Hast du?

– Ja.

Er nickte und sah auf seine Uhr.

– Ich kann dir gleich noch Unterlagen raussuchen. Also wenn du warten willst.

– Ja, aber klar.

– Okay, dann.

Er lächelte sie an und ging zurück. Sie blieb am Ende des Gangs stehen und schaute wieder aus dem Fenster. Drinnen im Übungsraum wurde es lauter, Dinge wurden über den Fußboden geschleift. Es wurde »tschüs« gerufen und »wir sehen uns auf der anderen Seite«, und die Frauen kamen eine nach der anderen heraus, rund und zerzaust. Nicht eine einzige von ihnen bemerkte sie. Als die letzte in der Umkleide verschwunden war, wurde die Tür geschlossen. Sie ging zu Dennis in den Übungsraum, er suchte etwas in seiner Tasche.

– Na, hier habe ich keine mehr, sagte er, ohne sie anzusehen. – Aber unten im Büro liegt noch ein Stapel.

– Fein.

– Ich muss hier noch alles ausmachen und abschließen.

Sie ging ein wenig den Gang auf und ab, während er erledigte, was zu tun war. Dann kam er heraus, sah sie direkt an und lächelte und wies mit einem Arm in Richtung Treppe.

– Wir müssen nur eins runter. Das ist ja gar nicht schön mit Ester.

– Es geht ihr gut.

– Sie ist ja auch stark.

– Ja, das ist sie.

Ihre Schritte dröhnten. Im Büro schaltete er kein Licht an, sondern streckte nur im Dunkeln einen Arm aus und nahm von einer Ablage ein Faltblatt, das er ihr gab. Sie stand in der Tür.

– Wir beginnen gleich nach Neujahr, sagte er.

– Das ist gut.

– Was machst du jetzt?, fragte er.

– Also, jetzt gleich?

– Ich habe mich gefragt, ob du vielleicht Lust hast, was essen zu gehen.

– Hmja. Ich habe noch nicht gegessen.

Sie konnte sehen, wie er im Dunkeln nickte.

– Habe ich dir überhaupt das Richtige gegeben?,

fragte er und trat ganz nahe an sie heran und küsste sie auf die Wange. Sie drehte ihren Kopf, so dass er ihren Mund küsste, und er zog sie ins Büro hinein und drückte sie gegen ein Metallregal, das »klock« machte, jedes Mal, wenn sie sich bewegte. Es war ein sehr langer und rhythmischer Kuss. Sie war völlig außer Atem, als der Kuss kurz aufhörte, und er hielt sie im Nacken fest und sah ihr direkt in die Augen, sie hatte sich inzwischen an die Dunkelheit gewöhnt, er flüsterte:

– Ich habe es gleich gewusst, als ich dich das erste Mal gesehen habe,

und er küsste sie wieder und diesmal noch länger, sie musste die ganze Zeit an das denken, was er gerade gesagt hatte, und dann hörte er zu küssen auf und wiederholte es noch einmal und fügte hinzu:

– Das ist mir so noch nie passiert.

Sie sagte nichts. Sie blickte zu Boden.

– Macht dir das jetzt Angst? Das soll es nicht, sagte er und hielt sie fest, und da war etwas an seiner Umarmung, das ein wenig zu weich war, sie dachte, dass sie wohl an Umarmungen mit ein bisschen Widerstand gewohnt war, dass sie sich daran gewöhnt hatte. Doch dann war er plötzlich ganz stark und energisch, er hob sie in die Höhe und begann wieder, sie zu küssen, und sie hörte beinahe auf zu denken. Aber gerade, als sie am allerwenigsten dachte, ließ er sie los. Er ließ sie auf dem Boden stehen und lächelte:

– Lass uns doch jetzt essen gehen.

– Nein, nein, sagte sie und wollte ihn wieder festhalten. – Lass uns hierbleiben, lass uns einfach hierbleiben.

– Wir haben jede Menge Zeit, sagte er. – Wir haben so viel Zeit, wie wir nur wollen.

Aber das war genau, was sie nicht hatten. Denn schon als sie den Gang entlanggingen, sah sie, dass er auch in den Knien ein wenig zu weich war. Und der Glühwein, den sie getrunken hatte, wirkte auch nicht mehr richtig. Doch dann blieb er stehen und küsste sie wieder und so heftig, dass es ihr ganz den Atem nahm. So ging es hin und her, den ganzen Weg zum Restaurant, und als sie ihre Jacken an die Garderobe hängten und er sie lange am Hals küsste, und als sie sich an den Tisch setzten und er ihre Hand nahm und ihren kleinen Finger küsste. Zuletzt war sie beinahe überzeugt, fühlte sie fast, dass sie wirklich jede Menge Zeit hatten. So viel Zeit, wie sie nur wollten. Doch dann schlug er die Speisekarte auf. Er sah hinein und danach sie an, seine Stimme war ganz luftig:

– Was meinst du, wollen wir uns einen Grillspieß teilen?

Da wollte sie nach Hause. Das konnte sie nun aber nicht so einfach sagen, erst anderthalb Stunden später.

Sie fühlte sich sehr schäbig, als sie es sagte. Denn da waren sie schon beim Taxistand, und er hatte einem der Fahrer ein Zeichen gegeben und wollte gerade die Tür für sie öffnen.

– Ich fahre jetzt lieber zu mir nach Hause, sagte sie.

– Zu dir nach Hause?

– Ja. Danke für den Abend.

– Ja, aber, was willst du denn da?

– Da ist so vieles, was ich dir nicht erzählt habe. Ich bin ganz durcheinander. Es hat nichts mit dir zu tun.

Sie öffnete die Tür selbst und stieg ein, ohne ein weiteres Wort. Er blieb auf dem Gehweg stehen, er lächelte noch immer, als glaube er, sie mache nur Spaß. Aber als das Taxi dann anfuhr, sah sie, dass er den Ernst der Situation erfasste. Er schwankte ein wenig im fallenden Schnee, und sie dachte, dass sie ihn nie wiedersehen würde und dass sie nichts verloren hatte, auch wenn es sich so anfühlte.

26

– Wollt *ihr* denn nicht bald Kinder haben?, fragte Ester eines Abends.

– Ich eigne mich nicht zum Kinderkriegen, sagte Kim.

– Doch, tust du wohl, sagte Susanne und stand vom Esstisch auf, weil es an der Tür klingelte. Es war die Frau des Filialleiters, die sagte, dass sie inzwischen darüber gesprochen hätten und dass sie ihre Wohnung nicht untervermieten wollten, wenn sie im Januar in den Süden reisten. Das würde heißen, dass sie zu viel aufräumen müssten, und das schafften sie nicht.

– Aber sagt immer gerne Bescheid, wenn wir irgendwie helfen können, sagte sie.

– Danke, sagte Susanne und ging zurück in die Küche. Es war von dort drinnen ganz still gewesen, als sie an der Tür stand, und auch jetzt sagten sie nichts. Ester schlürfte Suppe in sich hinein, und Kim kaute ausdauernd auf etwas, das hart klang, sie wusste nicht, was es sein konnte.

– Wann habt ihr mit ihr darüber geredet?, fragte Susanne, ohne sich zuerst zu setzen, und Kim hielt sich eine hohle Hand vor den Mund und spuckte etwas hinein, ließ dann die Hand zwischen Bauch und Tischkante hängen und räusperte sich:

– Vorgestern. Im Wäschekeller.

– Das war sehr nett von Kim, sagte Ester.

Er zuckte mit den Schultern und machte mit der Suppe weiter.

– Warum setzt du dich nicht hin?, fragte er Susanne zwischen zwei Löffeln.

– Du hättest ja vielleicht zuerst mit mir reden können, sagte sie.

– Die Idee kam ganz plötzlich. Es wäre doch eine Möglichkeit gewesen.

– Ester sollte da oben mit einem Neugeborenen wohnen? Und was ist mit deinen ganzen Sachen, Ester?

– Was für Sachen? Ich habe doch nicht so viel.

– Aber musst du nicht bald so einiges kaufen? Zum Beispiel einen Kinderwagen? Und wo, hast du dir gedacht, soll es denn schlafen?

– Ich habe schon alles, es steht alles zu Hause bei Luffe, sagte Ester und begann zu weinen, sie schob den Suppenteller von sich und verbarg ihr Gesicht in der Hand, die nicht gebrochen war, Kim sah Susanne wütend an, er beugte sich über den Tisch und berührte Ester an der Schulter.

– Denk an das, was du gestern gesagt hast, sagte er zu ihr.

– Was denn?, weinte Ester.

– Das mit der Liebe. Das, was ich aufgeschrieben habe.

– Das habe ich nicht ernst gemeint. Ich werde auch niemals eine gute Mutter.

– Du wirst eine verdammt gute Mutter. Kannst du nicht die Küchenrolle holen, Susanne?

– Ich wollte dich nicht verletzen, sagte Susanne. – Aber es muss wirklich was passieren.

– Warum, meinst du wohl, habe ich wegen der Wohnung nachgefragt?, sagte Kim.

Als Ester ins Bett gegangen war, saßen sie vor dem Fernseher. Susanne konnte sich nicht auf die Sendung konzentrieren. Sie saß die ganze Zeit nur da und dachte darüber nach, wie sie sich ausdrücken sollte. Schließlich wandte sie sich zu Kim um und sagte das Erste, was ihr einfiel:

– Wäschst du auch Esters Sachen, wenn du die Wäsche machst?

– Ich wasche das, was im Korb liegt.

– Dann wäschst du also *nicht* Esters Sachen.

– Ich weiß nicht. Irgendwann habe ich eine Tüte für sie mitgenommen.

– Dann wäschst du also doch ihre Sachen. Das ist, als hättet ihr was ohne mich.

Er schüttelte den Kopf:

– Susanne, sie ist hochschwanger, und sie hat sich den Arm gebrochen.

– Und dann das mit der Untermiete. Kannst du dir vorstellen, dass Ester da oben mit einem Baby wohnt? Da würdest du aber was zum Waschen bekommen, das kann ich dir versprechen.

– Ich will sie lieber da oben haben als hier unten.

– Warum hast du gesagt, dass du dich nicht zum Kinderkriegen eignest?

– Weil es so ist.

– Ja, aber du *wirst* Kinder kriegen, das verspreche ich dir, sagte sie, aber da knarrte es im Schlafzimmer, und kurz darauf stand Ester in der Tür, in einem langen weißen Nachthemd und mit offenen Haaren, sie füllte den ganzen Türrahmen und sah aus wie eine erwachsene Luciabraut, doch ihre Stimme war ganz klein:

– Worüber redet ihr?, fragte sie.

– Nichts, sagte Susanne.

– Kannst du nicht schlafen?, fragte Kim.

Ester schüttelte den Kopf.

– Redet ihr über mich?, fragte sie.

– Auf eine Art schon, ja, sagte Susanne.

– Was denn?

– Ester, lass uns morgen darüber sprechen, sagte Kim. – Geh wieder ins Bett. Du siehst sehr müde aus.

– Ja, ich bin auch sehr müde. Kannst du noch kurz kommen, Susser?

Susanne nickte und stand vom Sofa auf, sie legte ihre Hand auf Esters Schulter und ließ sie dort liegen, bis sie im Schlafzimmer standen und Ester sich aufs Bett setzte. Sie schwang langsam, beinahe in Zeitlupe, die Beine hoch und legte sich hin, platzierte den Arm auf den Kissen und drehte mit sichtbarer Mühe ihren Körper ein wenig auf die Seite.

– Ich weiß langsam nicht mehr, wie ich liegen soll, flüsterte sie.

– Nein. Aber das ist ja bald vorbei.

Susanne flüsterte ebenfalls. Ester nickte.

– Kannst du kurz meine Hand halten, Susser? Ich habe so Angst.

– Wovor hast du denn Angst?

Esters Hand war sehr warm. Sie fühlte sich auch dünn an, trotz all dem Wasser, das sie inzwischen im Körper hatte.

– Ich habe Angst vor dem Alleinsein. Ich bin überhaupt nicht so stark, wie ihr glaubt.

– Doch, das bist du.

– Ja, aber, es fühlt sich nicht so an. Ich weiß auch gar nicht, ob ich Luffe jemals geliebt habe.

– Aber sonst hättest du doch kein Kind mit ihm gewollt.

– Vielleicht wollte ich einfach ein Kind haben, egal von wem.

– Das glaube ich nicht.

– Vielleicht nicht.

Ester schniefte. Sie nickte mit ihrem Kinn in Richtung Bauch.

– Gar nicht mehr lange, und ich bin nie mehr allein.

– Du hast wirklich Glück.

– Ja. Aber ich habe Angst vor der Geburt.

– Das wird schon werden. Du bist doch gut in Form.

– Meinst du? Willst du nächstes Jahr mit mir zum Yoga gehen?

– Darüber reden wir dann ein andermal. Du solltest jetzt schlafen.

Susanne drückte ihre Hand und stand auf. Sie lächelte Ester an. Gerade, als sie die Tür öffnen wollte, flüsterte Ester:

– Ich weiß schon, dass ich mit dem Kleinen nicht hier wohnen bleiben kann.

Susanne kam nicht dazu, zu antworten, denn Ester fuhr fort:

– Morgen fahre ich zum Krankenhaus und rede mit Luffe. Er fängt um halb elf an.

– Woher weißt du das denn?

– Ich kann seine Dienstzeiten auswendig.

Susanne lächelte und schüttelte den Kopf:

– Und du weißt nicht, ob du ihn liebst.

– Ich warte einfach draußen am Parkplatz auf ihn.

– Vielleicht rufst du ihn besser an.

– Meinst du?

– Ja. Ruf vorher an und verabrede dich mit ihm.

– Dann mache ich das so.

Als Susanne ins Wohnzimmer kam, machte Kim gerade ihr Bett auf dem Sofa, er strich das Laken glatt, so wie sie es mochte. Sie blieb stehen und betrachtete ihn, er wandte sich um:

– Was denn?

– Nichts. Danke, dass du mein Bett machst.

Er zuckte mit den Schultern, ohne etwas zu sagen, aber ein wenig später, als sie auf dem Sofa lag und er auf dem Boden lag und gerade das Licht gelöscht hatte, streckte er seine Hand zu ihr hinauf und sagte:

– Du kannst ganz schön blöd sein.

– Du auch. Manchmal denke ich, dass es leichter wäre, wenn du nicht hier wärst.

– Oder wenn du nicht hier wärst. Aber das bist du, und warum?

– Das weiß ich nicht.

– Dann ist das wohl der Grund, sagte er.

27

Am Donnerstagnachmittag putzte sie eine Erdgeschosswohnung an einer großen Kreuzung. Die Wohnung war so niedrig gelegen, dass sie geradewegs in die Gesichter der Vorbeigehenden sah, wenn sie hinausschaute. In der Wohnung darüber war eine Zahnarztpraxis, aber man hörte nicht viel von dort oben. Manchmal war da ein lautes Poltern, aber dann war es auch gleich wieder still. Die meisten anderen Geräusche wurden vom Verkehr übertönt.

Zur Straße hinaus gab es Holzjalousien. Sie musste sie jedes Mal hochziehen, um den Ruß von den Fensterrahmen zu wischen. Der Lappen wurde dabei kohlrabenschwarz. Ab und an kam es vor, dass draußen auf dem Gehweg Leute zusammenschraken, wenn sie sie sahen.

In der Wohnung wohnte die kleine Schwester der Kommunistin. Susanne hatte sie noch nie gesehen. Sie war Stewardess und hatte sehr unregelmäßige Arbeitszeiten. Das Plattenregal war voll von Greatest Hits und anderen Sammlungen. Es gab einen großen Barschrank, und oben auf dem Kühlschrank lagen Zigarettenkartons. Vor einem Monat hatte eine

Stange Filterzigaretten auf dem Küchentisch gelegen, mit einem Zettel für Susanne, »Rauchst du? Dann sind die hier für dich«. Sie hatte die Zigaretten Kim mitgebracht, und er hatte sich gefreut. Er hatte »so soll das sein« gesagt, und sie hatte sich geärgert.

Als sie an diesem Donnerstag die Wohnung betrat, wusste sie sofort, dass die Stewardess zu Hause war. Da waren ein paar Lampen angeschaltet, und vor dem Badezimmer lagen Klamotten auf dem Fußboden. In der Küche leuchtete das Lämpchen an der Kaffeemaschine. Ganz unmittelbar wollte sie umdrehen und wieder gehen. Was sie sich andererseits natürlich nicht erlauben konnte. Sie blieb einen Augenblick im Flur stehen und dachte nach. Dann rief sie, nicht sonderlich laut:

– Haallo, ich bin es, ich komme zum Putzen.

Aus dem Schlafzimmer kam ein lautes knarrendes Geräusch, die Tür ging auf:

– Herrje, Sie hatte ich ja ganz vergessen, sagte die Stewardess.

Nur ihr Kopf schaute durch den Türspalt hervor. Sie hatte ein kleines, verschlafenes Gesicht und strubbelige Haare.

– Soll ich lieber wieder gehen?, fragte Susanne.

– Nein, nein, aber Sie können das Schlafzimmer heute einfach überspringen. Und Entschuldigung, dass ich nicht rauskomme und Sie ordentlich begrüße.

– Das macht doch nichts. Ich werde auch leise sein.

– Nein, das ist gar nicht nötig. Sie können auch gerne Musik hören.

Die Stewardess lächelte und nickte und zog die Tür zu.

Susanne hörte nie Musik oder Radio, wenn sie putzte. Das störte nur ihre Konzentration. Sie ging ihre Jacke aufhängen und holte den Staubsauger hervor. Sie wollte zuerst Staub saugen, jetzt wo die Stewardess ohnehin schon wach war. Das war die verkehrte Reihenfolge, aber wenn sie dann für die Oberflächen einen feuchten Lappen verwendete, war das kein Problem. Sie sammelte Klamotten vom Boden auf und hängte sie über den Wäschekorb im Badezimmer. Steckte den Staubsauger ein und saugte den Flur und die Küche. Vor dem Herd lag eine Menge Reis auf dem Boden. Auf dem Küchentisch stand, neben ein paar Tassen, ein Teller mit einem halben Omelett.

Als sie in der Küche fertig war und den Staubsauger ausschaltete, hörte sie eine Männerstimme langgezogene Laute machen. Für eine Sekunde glaubte sie, das käme von oben aus der Zahnarztpraxis, und hob den Kopf. Doch die Laute kamen aus dem Schlafzimmer. Sie beeilte sich, den Staubsauger wieder anzuschalten.

Sie saugte die Küche und den Flur ein zweites Mal, und auch die Fußbodenleisten und die Fensterbank. Als sie diesmal ausschaltete, waren die Männertöne noch lauter, und sie vermischten sich mit denen der Stewardess. Susanne zog schnell den Staubsauger ins Wohnzimmer und machte ihn wieder an. Sie saugte gründlicher als jemals zuvor. Als sie schließlich ausmachte, war nur noch der Verkehrslärm zu hören. Sie zog die Jalousien hoch.

Sie putzte das Badezimmer. Danach räumte sie in der Küche auf und ging mit einem Eimer Putzwasser ins Wohnzimmer. Sie wrang den Lappen gut aus und wischte sämtliche Oberflächen. Schließlich setzte sie sich auf die Fensterbank und fing an, den Ruß zu entfernen.

Hinter ihr war ein leises Knarren zu hören. Sie wandte sich um und sah, wie der Mann im Flur seine Jacke nahm und vorsichtig die Wohnungstür zuzog. Sie wandte sich wieder um, und unmittelbar darauf trat er auf die Straße hinaus, er stellte eine große Nylontasche auf den Gehweg zwischen seine Füße und zog seine Jacke an. Als er den Reißverschluss hochgezogen hatte, schaute er nach oben und sah ihr direkt in die Augen, zuerst sah er überrascht aus, doch dann ließ er seinen Blick weitergleiten, die Fensterreihe entlang, als hätte er sie gar nicht bemerkt. Er nahm seine Tasche und ging. Sie wischte schnell fertig, schlich in die Küche, leerte dort den Eimer so lautlos wie nur möglich und zog ihre Jacke an.

Gerade als sie die Tür geöffnet hatte und im Begriff war zu gehen, hörte sie die Stimme der Stewardess aus dem Schlafzimmer, sie klang zärtlich:

– Hans-Peter? Hans-Peter?

Susanne schloss die Tür mit einem Klicken.

Erst als sie auf dem Fahrrad saß und nach Hause fuhr, dachte sie daran, dass sie das Geld für ihre Arbeit nicht bekommen hatte. Vielleicht würde die Stewardess daran denken, und sonst konnte es ihr auch egal sein. Susanne würde einfach die Stange Zigaretten vom vorigen Monat als eine Art von Bezahlung betrachten.

28

Ester hatte am Vormittag mit Luffe gesprochen.

Sie hatte gute Laune. Sie war beim Bäcker gewesen und hatte Schmalzkringel gekauft, und Kim hatte Tee gekocht. Sie hatten im Wohnzimmer aufgedeckt und Kerzen angezündet, die Susanne entgegenleuchteten, als sie ihr Rad auf den Gehweg lenkte.

– Bedien dich, sagte Ester und streckte ihr, noch bevor sie die Jacke ausgezogen hatte, den Teller entgegen.

– Danke. Und jetzt lass hören.

– Zuerst bekommst du noch Tee.

Ester schenkte ein, ohne dabei die Tasse anzusehen:

– Ja, und ich habe also mit Luffe geredet.

– Was hat er gesagt?

– Er hat sich entschuldigt.

– Er hat eine Babyschaukel gekauft, sagte Kim.

– Er hat gesagt, dass er mich gut verstehen kann, und dann haben wir ausgemacht, uns auf neutralem Boden zu treffen und über alles zu reden.

– Das klingt gut.

– Susanne, ich habe ihn für morgen Abend hierher eingeladen. Ich hoffe, das macht nichts.

– Nein, ist doch wunderbar.

– Dann können wir ins Kino gehen, sagte Kim.

– Nein, wir gehen doch zu Torbens Geburtstag.

– Ach, zur Hölle auch. Ist das morgen?

– Das habe ich dir doch mehrmals gesagt. Es ist auch nur auf einen Glühwein.

– Kommen noch andere?

– Wer sollte das sein?

– Er kommt um sieben, aber wir essen beide vorher, sagte Ester.

Kim bekam gleich nach dem Abendessen Kopfschmerzen. Ester bestand darauf, dass er sich ins Schlafzimmer legte, sie würde erst später ins Bett gehen. Susanne gefiel der Gedanke nicht, dass er in Esters Bettzeug liegen sollte, aber andererseits war sie nicht unglücklich, kurz Ruhe vor ihm zu haben. Er war während des Essens unausstehlich gewesen. In der Quiche hatte sich ein Hühnerknochen versteckt, und er hatte gemurrt und geschimpft wie ein alter Mann.

– Das ist der Glücksknochen, hatte Ester gesagt und ihn herausgepickt, Kim hatte die Unterlippe nach unten gezogen:

– Ich würde mir wirklich wünschen, im Essen keine verfluchten Knochen zu finden.

– Er muss einfach mit reingerutscht sein, sagte Susanne.

– Eklig ist das.

Jetzt lag er ruhig hinter der geschlossenen Tür, Ester und Susanne saßen im Wohnzimmer und aßen die restlichen Schmalzkringel.

Es herrschte eine Art Aufbruchstimmung im Raum. Warum, konnte Susanne nicht recht sagen. Esters große Tasche stand wie gewohnt in der Ecke, und überhaupt sah alles aus wie immer, abgesehen davon, dass der Fernseher nicht lief. Ester redete über das Telefonat mit Luffe, seine Formulierungen und Nebensätze, dass er um sieben kommen würde und dass sich die Dinge in die richtige Richtung entwickelten. Wenn sie wieder zusammenkämen, würden sie wie immer bei Esters Mutter Weihnachten feiern, sie hatte einmal einen Schweinebraten-Wettbewerb gewonnen, und die zwei Schwestern ihrer Mutter kamen auch, mit ihren jeweiligen Männern. So war das jedes Jahr. Wenn es aus irgendeinem Grund vor der Zeit mit der Geburt losgehen sollte, würde es eben dort losgehen.

Ester kaute ihren Schmalzkringel langsam und selbstbewusst, als würde sie ihn immer neu probieren.

– Und ihr, werdet ihr an Weihnachten einfach hier versumpfen?, fragte sie. – Was macht ihr immer?

– Das ist unterschiedlich.

– Naja, aber was macht ihr dieses Jahr?

– Das haben wir noch nicht entschieden.

– Fahrt ihr nie zu Kims Eltern? Oder zu deinen?, fragte Ester und verschluckte sich bei »deinen«, so dass die Stimme auf einmal ganz anders klang und sie einen Hustenanfall bekam, sie kam auf die Beine und bewegte sich seltsam zuckend durchs Wohnzimmer, mit dem Gipsarm rudernd und der gesunden Hand vor dem Mund. Susanne folgte ihr wie ein Magnet, sie klopfte Ester auf den Rücken, die Tränen flossen. Danach war Esters Stimme ganz zittrig und schwach.

– Puh, sagte sie und lehnte sich gegen die Fensterbank, Susanne fiel auf, dass Ester ihre Stiefel anhatte.

– Ich hole dir ein Glas Wasser, sagte sie und dachte, dass wohl die Stiefel schuld daran waren, dass sie dieses Gefühl von Aufbruch hatte. Es war lange her, dass Ester in der Wohnung Schuhe getragen hatte.

– Du hast meine Frage nicht beantwortet, sagte Ester, nachdem sie getrunken hatte.

– Mit unseren Eltern? Das ist unterschiedlich. Wir sind natürlich immer bei beiden eingeladen.

– Und warum sitzt ihr dann zu Hause?

– Das weiß ich nicht. Wir können uns wohl nicht recht entscheiden.

– Wo liegt das Problem?

– Kim ist nicht so ein Familienmensch, sagte Susanne.

– Hm.

– Und an Weihnachten ist er oft ein bisschen verstimmt.

– Gott steh mir bei. Willst du noch einen Schmalzkringel?

Um kurz nach acht rief Torben an und sagte das Glühwein-Treffen ab. Er und Jane hatten beide Magen-Darm. Es war ein kurzes Gespräch. Sie machten aus, sich am Wochenende wieder zusammenzutelefonieren.

Als Susanne aufgelegt hatte, holte sie sofort die Zeitung und sah das Kinoprogramm durch. Sie bestellte Karten für einen Film, von dem Kim schon lange gesprochen hatte.

29

Am Freitag schneite es.

Susanne verbrachte den Vormittag damit, die Wohnung zu putzen. Je mehr sie saubermachte, desto mehr war auch sauberzumachen. Wenn sie eine Fußbodenleiste abwischte, entdeckte sie eine andere, die noch schmutziger war. Sie machte den Ofen sauber und musste dann auch den Küchenboden wischen und danach den Kühlschrank von der Wand wegrücken, und dann waren da die Fliesen dahinter. Das eine führte zum anderen. Ganz gleich, wohin sie auch schaute, sah sie Spritzer, Staub, klebrige Flecken. Das Badezimmer war ein Kapitel für sich. Sie arbeitete die ganze Zeit auf den Punkt hin, an dem sich alles umkehrte. Wo mehr sauber sein würde als schmutzig, wo nichts Neues mehr anzupacken wäre.

Ester lag im Doppelbett und schlief.

Kim saß am Computer.

Am späten Vormittag überkam Susanne plötzlich ein unbändiger Hunger, und sie musste partout etwas essen, etwas wirklich Nahrhaftes, und sie legte drei

Scheiben Brot auf einen Teller und überhäufte sie mit Mayonnaise und Ei, schlang alles hinunter. Danach brauchte sie dringend etwas Süßes, und zum Glück waren da all die Plätzchen im Schrank, und nach einer Handvoll wurde sie unglaublich müde, sie musste rüber und sich aufs Sofa legen. Sie lag auf dem Rücken und schaute an die Decke. In der einen Ecke hing ein Spinnennetz. Sie nahm sich vor, bei Gelegenheit mit dem Staubsauger die Decke zu saugen, unter allen Umständen sollte das noch vor Weihnachten geschehen. Dann schlief sie ein und wachte davon auf, dass Ester mit dem Gipsarm auf sie zeigte:

– *Da* liegst du also und döst vor dich hin? Ich muss duschen.

– Mit Haarewaschen?

– Ja, bitte. Du musst mir heute auch mit meiner Frisur helfen.

– Klar, mache ich.

– Wonach riecht es hier eigentlich? Hast du jetzt schon wieder geputzt?, fragte Ester und drehte sich abrupt um, ging ins Badezimmer und machte die Tür zu, einen Augenblick später ging sie wieder auf, und ihre Kleider landeten auf einem Haufen auf dem Fußboden, sie gluckte:

– Komm, Schatz, Mama will duschen,

und Susanne krempelte die Ärmel hoch und ging zu ihr, Ester hielt den Gipsarm in die Höhe, während sie sich die Haare waschen ließ, sie stützte sich mit der gesunden Hand an der Wand ab und musste ein wenig in die Knie gehen, damit Susanne hinaufreichte.

Ihr Körper war sehr, sehr massig. Der Hintern jetzt fast viereckig. Am Rücken hatten sich vier Dellen entwickelt, über die der Schaum hinunterlief.

– Glotzt du meinen Rückenspeck an?, fragte Ester.

– Halt die Klappe und steh mal still.

– Und bitte auch Spülung.

– Jetzt kannst du dich wieder gerade hinstellen.

– Ich werde dir das nie vergessen. Nein, nur in die Spitzen.

– Teufel auch, du bist aber anspruchsvoll.

Susanne wusch die Spülung aus und hüllte die Haare in ein Handtuch, half Ester aus der Wanne, Ester zitterte ein wenig:

– Uh, genau da bin ich gestürzt, weißt du noch, wie meine Hand ausgesehen hat?

– Ja, aber stell dich jetzt auf das Handtuch.

Ester trocknete sich ab und ging im Bademantel ins Schlafzimmer, während Susanne den Boden trockenwischte, und danach zog sich Ester im Flur an, denn Kim arbeitete ja noch.

– Kannst du mir nicht auch beim Duschen assistieren?, rief er von dort drinnen, als sie gerade in der Küche war und Ester einen Tee kochen wollte, sie ließ Tee Tee sein und ging hinüber und küsste ihn:

– Jeden einzelnen Tag, wenn wir wieder allein sind, sagte sie, und er küsste sehr energisch zurück, er hatte wieder gute Laune.

Sie aßen schon um fünf Uhr zu Abend. Makkaroni mit Hackfleischsoße. Ester sog jede Nudel einzeln auf, ganz vorsichtig, damit nur ja keine Hackfleischsoße auf ihre neue Strickjacke spritzte. Sie schaute sich in der Küche um.

– Du hast wirklich verdammt gründlich geputzt, sagte sie.

– Hier sieht es ganz unmenschlich aus, sagte Kim, ohne aufzuschauen.

Nach dem Essen half Susanne Ester beim Schminken. Sie half ihr auch, ihre Haare hoch oben auf dem Kopf zu einer Palme zusammenzubinden. Ester bekam ein Gläschen Schnaps, »nur um dem Ganzen die Spitze zu nehmen«, und probierte im Wohnzimmer verschiedene Sitzmöbel und -positionen aus.

– Wann wirke ich am natürlichsten?, fragte sie.

– Immer, sagte Susanne und ging ins Bad, um jetzt sich selbst zu schminken. Kim stand vor dem Spiegel und klatschte sich auf die Wangen, er zwinkerte ihr zu, was er sonst nie tat.

– Wen gibst du denn heute?, fragte sie und zwinkerte zurück, und sie zwinkerten einander noch zehn, zwanzig Mal zu, auch auf dem Weg zur Tür hinaus und als sie im Schneetreiben zur Bushaltestelle gingen. Sie hatten noch reichlich Zeit, aber natürlich fiel der erste Bus gleich einmal aus. Der nächste kam mit Verspätung und war außerdem übervoll, so dass sie am Ende doch noch zum Kino rennen mussten und keine Zeit mehr für einen Kaffee oder ein Bier blieb.

Kim konzentrierte sich voll und ganz auf den Film. Sie schaute mehr auf sein Gesicht im Dunkeln als vor zur Leinwand. Er drückte ihre Hand und lehnte sich zu ihr hinüber:

– Schau doch hin. Jetzt musst du aufpassen.

– Ja, ja, flüsterte sie zurück und gab sich wirklich Mühe, doch dann fielen ihr die Augen zu und sie sah sein Gesicht vor sich, in einem flimmernden Licht. Danach stellte sie sich ihr Wohnzimmer zu Hause vor, mitten im Raum ein Weihnachtsbaum und Lachen aus der Küche, sie dachte auch daran, wie viel sie heute geputzt hatte und überhaupt in dieser Woche, wie viele Stunden insgesamt. Sie richtete in Gedanken eine neue Wohnung ein und trug am Weihnachtsabend eine Servierplatte mit einer Ente von einem Wohnzimmer ins nächste und wieder ins nächste Wohnzimmer.

Sie dachte an Ester. Ester saß zu Hause und sprach sich mit Luffe aus. Vielleicht würde sie direkt mit ihm mitgehen und nicht mehr da sein, wenn sie zurückkämen. Sie hatten nicht darüber geredet, aber Ester hatte all ihre Sachen in die große Tasche gepackt. Sie hatten auch nur Tschüs gesagt und nichts weiter. Doch Ester hatte am Fenster gestanden und ihnen nachgewinkt, als sie zum Bus gingen. Sie hatte ausgesehen wie ein großes, ernstes Gespenst. Das war Kims Formulierung, und er hatte Recht.

Sie schlief mitten während des Films ein. Normalerweise passierte das nur Kim. Er lächelte sie an, als sie die Augen aufschlug, weil das Licht anging. Danach schlenderten sie zu einer Kneipe in einer Seitenstraße. Er war in Hochform und redete und redete über den Film. Sie nickte. Sie trank Cola, und er bestellte mehrere große Bier vom Fass. Und dann noch eines. Als irgendwann eine längere Pause in seinem Redestrom eintrat, nahm sie das als ein Zeichen, dass er fertig war. Sie griff über den Tisch nach seiner Hand:

– Das war gut, dass Torbens Geburtstag ausgefallen ist. Es war viel besser für dich, den Film zu sehen.

Er antwortete nicht, er hatte auch keinen Ausdruck im Gesicht.

– Ich hatte ein Unterhemd für ihn gekauft. Das kannst du jetzt haben. Es ist Größe L. Was hast du?

– Nichts.

Er nahm einen großen Schluck von seinem vierten Bier.

– Ich habe gedacht, ob wir dieses Jahr vielleicht einen Weihnachtsbaum kaufen könnten, sagte sie, doch da stellte er sein Glas ab und sah weg, weg von ihr, aus dem Fenster, und sie wusste, dass sie zu weit gegangen war, mit dem Weihnachtsbaum und dem Unterhemd, jetzt und hier, nach dem Film.

Und doch sagte er nichts. Er legte auch seinen Arm um sie, als sie wieder auf die Straße traten. Gerade schneite es nicht, aber es wirbelte eine Menge Schnee von den Dächern und über die offenen Plätze. Sie schwieg im Bus nach Hause, als Buße für ihre Banalitäten. Er küsste sie und roch nach Bier. Als sie ausstiegen, schneite es wieder, stärker noch als vorher. Er half ihr über eine kleine Schneewehe, über die sie es ohne Schwierigkeiten auch allein geschafft hätte. Sie rannten beinahe den Gehweg entlang. Noch bevor sie die Straße querten, sahen sie, dass in der Wohnung kein Licht brannte. Er ließ seinen Schlüssel in der Jackentasche rasseln und sperrte für sie auf.

Aber Ester war zu Hause. Sie saß mit gefalteten Händen im Dunkeln.

Sie blieben in der Tür stehen und sahen sie an, außer Atem, mit Schnee im Haar.

– Nein, er ist nicht gekommen, sagte Ester und löste ihre Hände. Sie stand vom Sofa auf und trat schwer in die Mitte des Raumes, es sah aus, als wolle sie einen Sketch aufführen:

– Aber um Viertel nach sieben ist die Fruchtblase geplatzt, sagte sie und kniete sich auf den Boden.

Im Wohnzimmer war es brütend heiß. Es tropfte von ihren Haaren, der Schnee auf ihren Jacken schmolz.

– Und jetzt sind es noch sieben Minuten zwischen den Wehen, sagte sie, und damit setzte auch schon die nächste ein.

30

Ester hatte im Laufe des Abends ein paarmal auf der Geburtsstation angerufen und wirkte sehr kontrolliert. Sie saß im Wechsel auf dem Sofa und kniete auf dem Fußboden. Sie bestand darauf, dass das Licht aus blieb, damit sie sich besser »sammeln« konnte. Nur wenn wieder eine Wehe überstanden war, schaltete sie kurz das Licht an, um auf ihre Uhr zu sehen und den Zeitpunkt zu notieren. Dann machte sie es wieder aus. Susanne konnte eigentlich nichts tun, und Kim erst recht nicht. Er ging etwa eine Stunde auf und ab, bis Susanne sagte, er solle sich lieber hinlegen, drüben im Schlafzimmer. Sie fühlte sich vollkommen frisch. Sie saß im Sessel und betrachtete Ester, half ihr zwischen Sofa und Fußboden hin und her, beobachtete ihren Atem. Sie bot an, Luffe anzurufen. Ester griff sich mitten in einer Wehe an den Kopf, diesen Idioten brauche sie nun wirklich nicht. Sonst sagte sie nicht viel zwischen den Wehen, womöglich meditierte sie. Als Ester ihr ein Glas Wasser brachte, bedankte sie sich und sah mit blanken Augen auf: Wie denn der Film gewesen sei? Aber dann schloss sie die Augen und atmete tief ein, ohne auf die Antwort zu reagieren.

Gegen drei Uhr kam der Wendepunkt. Zwischen den Wehen waren jetzt nur noch kurze Pausen, und Susanne war schon seit einer Weile nervös. Vielleicht war Ester bald am Ende ihrer Kräfte. Sie lag nun gar nicht mehr auf dem Sofa, stand entweder vornübergebeugt am Esstisch oder kniete mit hängendem Kopf, ihre Laute waren tiefer geworden, schwerer, ein »ooaaah« hatte sich eingestellt, es erinnerte an eine Basslinie. Susanne schaltete das Licht an und stellte sich dicht hinter Ester, sie strich ihr übers Haar, das ganz nass war, und Ester wandte ihr das Gesicht zu, schwach und gleichzeitig auch eisern:

– Vielleicht rufst du jetzt ein Taxi, es ist bald so weit.

– Ich rufe gleich an,

aber dann hieß es warten, sie probierte drei verschiedene Nummern und war immer Nummer sieben oder acht in der Warteschleife, sie wartete und wartete, Ester hatte weitere Wehen auf dem Fußboden, und als sie endlich durchgekommen war und, um auch ganz sicher zu gehen, zwei Mal ihren Namen und ihre Adresse durchgegeben hatte, sagte die Frau am anderen Ende der Leitung abschließend:

– Es kann bis zu fünfzig Minuten dauern, wir sind mehr als ausgelastet, wegen den ganzen Weihnachtsfeiern.

– Ja, aber, meine Freundin kriegt gleich ein Kind, sagte Susanne, aber am anderen Ende war schon aufgelegt worden, und sie wandte sich zu Ester um:

– Geht es? Es wird wohl ein bisschen dauern.

– Wie llange?

– Bis zu fünfzig Minuten.

– Nein, viihiel zu lange,

und Susanne ging auf und ab:

– Soll ich einen Krankenwagen rufen?

– Nein, nein, um den Transport muss man sich selbst kümmern, ich bin jha nicht krank,

und dann verschwand Ester wieder in sich, lange und beharrlich, Susanne lief ins Schlafzimmer und weckte Kim:

– Das Kind kommt. Du musst uns zum Krankenhaus fahren.

– Jetzt? Ist es jetzt so weit? Ja, aber, ich habe doch getrunken,

und er taumelte aus dem Bett und hinter Susanne ins Wohnzimmer, Ester schaute auf und streckte ihm eine graue Zunge heraus:

– Hau ab, glaubst du, das ist Zirkus hier?,

und verschwand in einer neuen Wehe, Susanne holte ihre Tasche und zog ihre Jacke an, nahm Esters Mantel vom Bügel und griff nach ihren Stiefeln,

– Kannst du dich anziehen, Ester? Ich fahre selbst,

und Kim half Ester in den Flur, er lächelte sie an, und sie versuchte, ihn mit dem Gipsarm zu schlagen,

– Ich muss meine Tasche mitnehmen. Nein, die kleine,

– Ich fahre das Auto vor die Haustür,

und Susanne nahm die Autoschlüssel und ging ins Schlafzimmer, ihre Telefonliste holen, zurück ins Wohnzimmer zum Telefon, es schneite jetzt nicht, eine Wehe entfaltete sich im Flur, sie rief Luffe an, aber da war nur der Anrufbeantworter, Esters Stimme, »das ist der Anschluss von Luffe und Ester«,

– Wir fahren jetzt. Hältst du noch durch, Ester?

– Nein.

Kim saß hinter Ester auf der Rückbank, mit je einem Arm auf ihren Schultern. Wenn eine Wehe einsetzte, musste Susanne anhalten oder zumindest die Geschwindigkeit auf ein Minimum reduzieren, »ich halte das Fahaaren nicht aus, stopp«, und so krochen sie im Schneckentempo zwischen den Schneeverwehungen voran, das Auto drohte in jeder Kurve wegzuschlittern, der Wind zerrte an den Türen.

Zum Glück war nur wenig Verkehr. Susanne hielt das Lenkrad umklammert. Die Belüftung lief auf höchster Stufe, Ester schnaufte und schnaufte, so dass alles beschlug. Es dauerte gut zwanzig Minuten, bis sie am Krankenhaus ankamen. Susanne fuhr bis vor den Eingang der Geburtsstation und bat Kim, mit Ester hineinzugehen, während sie das Auto abstellte.

Die große Uhr im Kreißsaal zeigte fast halb fünf. Kim saß draußen im Wartebereich, sie selbst saß auf einem Stuhl neben der liegenden Ester, sie hielt ihre Hand. Die Hebamme polterte:

– Ester, du bist noch immer nicht weit genug geöffnet, du musst jetzt ein bisschen deine Kräfte sammeln, willst du ein Glas Saft?,

und Ester nickte und wirkte jetzt ruhiger, sie bekam Sauerstoff und etwas zu trinken, viel zu trinken. Ihre Lippen waren aufgesprungen, der Schweiß lief ihr nur so herunter.

– Es ist wohl am besten, wenn du aufstehst, sagte die Hebamme, und gemeinsam halfen sie Ester von der Liege auf, kurz bevor die nächste Wehe kam.

– Geh ganz hinein, und denk ans Öffnen, öffnen, sagte die Hebamme, und Ester presste die Augen zusammen, sie kniff ihr ganzes Gesicht zusammen, und als es aufhörte, schaute sie erst zur Uhr und dann zu Susanne:

– Luffe fängt in zwei Stunden an, vielleicht kommt er zu spät,

und Susanne nickte, sie wusste, was Ester meinte:

– Ja, jetzt ist es bald überstanden, Ester.

– Er ist ein Riesenidiot.

– Ja, ist er.

– Vielleicht rufst du ihn jetzt an.

– Jetzt? Okay.

Ester ließ ihre Hand los und streckte sich nach der Hebamme.

Kim saß am Ende des Gangs, den Kopf an die Wand gelehnt. Er stand auf, sobald er sie sah.

– Ist alles in Ordnung?

Sie nickte:

– Ja, aber es wird noch etwas dauern. Ich soll Luffe anrufen.

– Jetzt?

– Ja. Komm her.

Sie zog seine Arme um sich herum, und so standen sie einen Augenblick da, er hielt sie gut fest, wiegte sie, schließlich musste sie sich aus der Umarmung lösen, sie küsste ihn auf die Wange und ging hinaus, um zu telefonieren.

Der Anrufbeantworter sprang fast sofort an. Sie drehte um und ging zurück, Kim sah sie von seinem Stuhl aus fragend an, und sie schüttelte den Kopf und ging wieder zu Ester, die mitten in einer Wehe war.

– Jetzt geht es voran, sagte die Hebamme, und als die Wehe überstanden war, wandte Ester ihr Gesicht in Susannes Richtung:

– Ist er nicht rangegangen? Dass er auch immer den scheiß Stecker rauszieht, und griff nach ihrem Saftglas und leerte es in einem Zug.

Um Viertel nach sechs konnte Ester anfangen zu pressen, und zum Glück waren die Presswehen gut. Die Hebamme stand zusammen mit einer älteren Krankenschwester am Fußende der Liege, eine bei jedem Bein, sie baten Ester, gegen ihre Hüften zu drücken, die Brille der Hebamme saß vorne an ihrer Nasenspitze:

– Nichts sagen, nichts sagen, und aufs Pressen konzentrieren, so ist es gut.

– Und jetzt eine kurze Pause, die brauchst du jetzt, sagte die Krankenschwester und gab Susanne ein neues feuchtes Tuch, das sie Ester auf die Stirn legen konnte, Susanne strich Ester übers Haar:

– Es läuft doch sehr gut, Ester, du machst das so super.

– Nein, ich sterbe fast,

und da kam auch schon die nächste Presswehe, sie brachte nicht so viel, es klang, als würde Ester aus einer ganzen Reihe paralleler Kanäle Luft herauspressen, die Hebamme schimpfte:

– Du sollst nicht pusten, Ester, du brauchst die Luft zum Pressen,

aber dann war die Wehe überstanden, und Esters Kopf sank zur Seite, bleich und abgekämpft, Susanne beugte sich über sie, Ester flüsterte fast:

– Du hast was auf der Wange. Genau *da.*

– Ja?

– Du musst müde sein. Du bist meine beste Freundin. Wo ist Kim?

– Er sitzt draußen.

– Meinst du, er mag Luffe holen? Er müsste jetzt anfangen.

– Willst du, dass er ihn holt? Klar,

und sie lief zur Tür hinaus, Kim fuhr auf, als hätte er geschlafen:

– Ist das Kind da?

– Noch nicht. Du sollst Luffe holen.

– Wo denn?

– In der Zentralküche. Raus und links am nächsten Block vorbei und dann in Block drei und runter durch den Keller. Da ist ein Schild.

– Ja, aber, wie sieht er denn aus?

– Das ist schwer zu sagen. Aber du kannst doch nach ihm fragen.

– Links, hast du gesagt?

Er zog seine Jacke an, während er die Treppe hinunterging, sie trat ans Fenster und sah ihn aus der Tür und nach links gehen, er blieb stehen, ging ein paar Schritte, blieb wieder stehen. Sie traf eine schnelle Entscheidung, lief ihm hinterher, rief nach ihm:

– Kim, geh du zu Ester hoch, ich gehe ihn selbst holen,

und sie lief an ihm vorbei und zu Block drei hinüber, wäre auf der Treppe fast ausgerutscht und stand im Aufzug, drückte nach unten, trommelte mit den Händen auf ihren Oberschenkeln, komm-schon, komm-schon, die Tür ging auf, und sie lief über den Betonboden, sie erkannte es wieder, das Dröhnen, riss eine Tür auf, und noch eine, und *da* stand Luffe, an einem Tisch zusammen mit zwei anderen Männern, und rauchte. Er sah überrascht aus, sie war ganz außer Atem:

– Luffe, Ester kriegt gleich das Kind.

– Jetzt? Heute?

Und wieder wunderte sie sich über seine Stimme, es war eine wirklich warme Stimme, sie konnte sie richtig gut leiden, und die dicke Dame, mit der sie ihn vor einiger Zeit gesehen hatte, drehte sich um, an einem Kühlschrank ganz hinten im Raum:

– Was ist los, Luffe?

Er antwortete nicht, aber einer der beiden anderen Männer lachte laut auf:

– Jetzt kalbt die Kuh,

und Susanne hielt Luffe die Tür auf und sah diesen Mann an und sagte:

– Du hältst einfach die Klappe.

Sie rannten den ganzen Weg, Luffe ein Stück vorneweg. Erst am Eingang zur Geburtsstation blieb er stehen und wartete auf sie:

– Wo ist sie?

– Im mittleren.

Vor der Tür holten sie eine Sekunde Luft. Susanne öffnete und trat als Erste ein, Luffe räusperte sich hinter ihr. Zwischen Esters Beinen schaute ein kleiner Kopf hervor. Sie holten es jetzt mit der Saugglocke.

Kim stand am Kopfende und hielt Esters Hand. Ester ließ seine Hand los und streckte sich nach Susanne. Susanne nahm ihre Hand und drückte sie. Ester sah zu ihr auf, und zu Luffe, der hinter ihr stand. Dann kam die letzte Presswehe, und das Mädchen war geboren.

Luffe trat vor zu Ester und beugte sich über sie.

Susanne trat zurück, und rückwärts in Kims Umarmung.

Die Hebamme fuchtelte mit den Händen:

– So viele Leute hier,

und das kleine Weinen des Mädchens versiegte, als man es auf Esters Bauch legte, dafür weinte nun Ester:

– Danke, euch allen, für alles, was ihr für mich getan habt.

– Dir selbst kannst du danken, sagte die Hebamme, und alle nickten:

– Ja, Ester, dir selbst kannst du danken. Dank dir.

Kim fuhr kurz darauf nach Hause, auf Susannes Aufforderung hin. Er sah völlig erschöpft aus. Sie ging mit ihm zum Auto und half ihm, die Scheiben freizukratzen, sie umarmten sich. Dann ging sie wieder zu Ester hinauf, die noch immer genäht wurde, das kleine Mädchen lag zwischen ihren Brüsten.

Luffe war kurz hinübergegangen, um Bescheid zu sagen.

Susanne saß da und schaute das Mädchen an, und Ester, die lächelte und lächelte, außer wenn sie schrie und mit der nähenden Hebamme schimpfte. Luffe kam mit Blumen beladen zurück:

– Ich habe die Kioskleute rausgetrommelt,

und er küsste Ester und das kleine Mädchen und dann wieder Ester.

– Warum bist du gestern nicht gekommen?, fragte Ester.

– Wenn ich es dir sage, glaubst du mir nicht, sagte Luffe.

Susanne ging gegen halb neun. Es wurde gerade hell, die Straßen waren grau und voller Schneematsch. Doch auf den Dächern und den geparkten Autos lag der Schnee noch immer schön und weiß, es war wohl um den Gefrierpunkt, sie sog die Luft tief in die Lungen.

31

Am Bahnsteig stand gerade eine S-Bahn. Sie nahm jeweils zwei Treppenstufen auf einmal und schaffte es gerade noch, hineinzuspringen, bevor die Türen schlossen und die Bahn losfuhr. Sie blieb im Türbereich stehen, lehnte sich gegen die Glaswand. Eine Dame lehnte sich an die Wand direkt gegenüber.

– So viel Schwung so früh am Morgen, sagte die Dame. – Unsereins hat heute nicht mehr die Energie.

Susanne sah draußen eine Reihe von Hintergärten vorbeiziehen, in vielen hingen Lichterketten in Bäumen und Sträuchern.

Die Dame war ganz offensichtlich nicht aus Kopenhagen. Sie sang auf den Silben:

– Aber es ist ja auch einige Jahre her, dass man eine Nacht durchgeschlafen hat. Und heute Nacht haben wir im Hotel geschlafen, das macht es auch nicht besser. Nein, es geht einem ja immer so viel durch den Kopf. Wir besuchen meine Tochter.

Sie beugte sich ein wenig vor:

– Sie können ja sicher hören, wo ich herkomme. Mein Mann sitzt gleich da.

Sie zeigte hinter sich, zum Sitzbereich, auf einen etwas dicklichen Mann in Daunenjacke. Er saß mit gesenktem Kopf da, blickte zu Boden.

– Wir wechseln uns mit dem Brustbeutel ab, flüsterte sie. – Wer das Geld hat, steht immer hier. Das ist sicherer. *Wir teilen uns auf.*

Susanne drehte sich zur Seite und sah dort draußen einen Sportplatz und einen Mann, der in ein Auto stieg. Dann schaute sie zur Decke.

– Das ist das große Minus an der Großstadt, dass man immer auf seine Sachen aufpassen muss, sagte die Dame. Meine Tochter hat so eine Genossenschaftswohnung beim Rondell.

Sie sprach es wie *Rond-de-ell* aus.

– Sie muss jeden Abend ihr Fahrrad mit hoch in die Wohnung nehmen, glaubt man so was? Bis in den fünften Stock. Und wir schaffen es gerade, uns selbst da raufzuschleppen. Wir haben einfach nicht die Energie. Haben Sie auch einen Brustbeutel?

Susanne schüttelte den Kopf.

– Sollten Sie aber. Meine Tochter hat jeden Tag an der Universität ihren Brustbeutel dabei. Sie studiert Literaturwissenschaft. Das konnte sie bei uns drüben nicht studieren.

Jetzt beugte sich die Dame ganz vor.

– Verstehen Sie, was sie hier will?, fragte sie leise. – Die verrichten da ihr Geschäft, bei ihr im Treppenhaus.

– Wer?, fragte Susanne.

– Das weiß man eben nicht. Irgendjemand, der sich ins Haus schleicht. Das ist eine verfluchte Sauerei.

Sie schnaubte.

– Aber sie beschwert sich nicht. Das sind eher wir. Aber wir treffen eben unsere Vorkehrungen.

Susanne schaute wieder den Mann hinter der Glasscheibe an. Er blickte noch immer zu Boden.

– Ja, vergessen Sie nicht meine Worte, sagte die Dame. – Man muss sich aufteilen.

32

Sie schlug Kim vor, dass sie Torben und Jane für den Weihnachtsabend einluden. Er lachte und schüttelte den Kopf:

– Wir werden nie so eine Familie.

– Ich würde aber so gerne. Ich habe gerade so viel Reserven.

Die hatte auch er dieser Tage, und eben das wusste sie. Schließlich sagte er Ja, und Torben und Jane wollten gerne kommen.

Susanne schrieb Listen und hakte ab. Sie hängte einen Kranz an die Tür und besorgte Geschenke. Sie rief Ester an, an jedem der vier Tage, die Ester im Krankenhaus lag.

Alles lief gut, die Milch kam, und die Kleine saugte drauflos. Am Dienstag kam Luffe Esters Tasche holen.

Am Mittwochnachmittag gingen Susanne und Kim zu einem kleinen Platz, wo die Pfadfinder Weihnachtsbäume verkauften. Susanne durfte aussuchen, und sie entschied sich für den größten, den höchsten, über zwei Meter maß er, und sie konnten ihn fast nicht nach Hause schleppen, geschweige denn in die Wohnung bringen.

Sie mussten über den Hof, um den Baum durch die Tür zur Küche ins Haus zu bekommen, die Tür wollte nicht offenbleiben, es war sehr mühsam. Bis Susanne den Ziegelstein holte, den Kim an einem Samstag im November gefunden hatte. Sie verwendeten ihn als Türstopper, und bald stand der Baum im Wohnzimmer.

Der Weihnachtsbaumständer passte perfekt. Am Abend schmückten sie den Baum mit Kerzen und Kugeln. Sie setzte sich ans Fenster. Draußen war es weiß, es funkelte überall.